W0271078

Code ISBN : 9798334999695

Marque éditoriale : Independently published

Quand tu te lèves le matin, penses aux précieux privilèges que tu as d'être vivant, de respirer, de penser, de sentir, de toucher et d'aimer.

Albert CAMUS

Dans ce livre, je vous raconte mon vécut pendant mon cancer du sein. Je vous fais part de mes peines et mes colères, mais aussi de mes peurs. Il y a les difficultés rencontrées dans mon quotidien avec mes amis... Je partage mon combat contre le cancer, ma victoire, ma rémission. Mon histoire est un message d'espoir pour toutes les femmes qui se battent contre le cancer. Il ne faut jamais abandonner. Il faut se battre avec courage et détermination. La vie est précieuse et il faut la savourer chaque jour.

Tiffany AMNA

Chapitre 1

Grenoble, 14 juillet 2010.

Aujourd'hui, je fête mes 36 ans. Pour l'occasion, une soirée est organisée dans le lounge bar où je travaille, L'OASIS. C'est un endroit moderne, avec plusieurs salons formant des coins tranquilles. Les banquettes sont en simili cuir blanc, et les tables basses noires. Au centre de ces petits salons se trouve une petite piste de danse. Le bar, quant à lui, est un grand comptoir en L, éclairé par des LED changeant de couleur. Trois barres de pole dance y sont installées pour les clientes qui voudraient s'amuser un peu. Il m'est déjà arrivé d'y monter pour danser lascivement autour de l'une d'elles pour attirer l'attention, et ça m'avait beaucoup plu. La musique est agréable et entraînante.

L'ambiance rappelle celle d'une boîte de nuit. J'apprécie ces petites soirées quand je ne travaille pas. Elles allient détente et plaisir entourée des gens que j'aime. On ne se lasse jamais des moments passés en bonne compagnie.Les soirs de week-ends, je suis serveuse, avec une tenue classe et féminine, agrémentée d'un zeste de glamour. Tous les matins, je suis femme de ménage, habillée d'un vieux short et d'un t-shirt usé. J'ai également un petit contrat de ménage chez des particuliers pour une entreprise de nettoyage, tous les mardis, jeudis et vendredis. Ce rythme de travail est vraiment épuisant, mais j'ai besoin de ces trois emplois.

Je viens de divorcer et j'ai des dettes communes à rembourser. Je dois aussi subvenir aux besoins de mes enfants, Kévin, 18 ans, et Tracy, 13 ans. Je veille à ce qu'ils ne manquent de rien attentivement et je les ai tous les week ends. J'ai gardé mon chien Viff avec moi, un labrador adorable et attachant. Je me suis également fait des amis dans ce lounge bar, au nombre de huit, avec qui je passe de très bons moments, où bises et étreintes amicales sont de rigueur. Nous nous sommes tous rencontrés dans cet endroit, des habitués comme on dit.

Je suis extravertie, j'aime danser, m'amuser, et je suis sans tabous. Autant ma personnalité peut être appréciée, autant certains me trouvent vulgaire et indécente. Mais je me sens bien dans ma peau et dans ma tête, et c'est le plus important. Je suis de nature très sociable et je me fais facilement des amis.

Je me prépare, j'enfile un joli haut blanc à fines bretelles et un jean classique taille 42. À ce moment, je pèse 77 kg. Je me sens un peu serrée dans ce jean, mais ça fera l'affaire. Je me maquille, me parfume un peu et enfile des chaussures ouvertes d'été. Je suis un peu ronde, blonde aux yeux bleus et plutôt joviale. Voilà, c'est parti pour une soirée d'anniversaire entre amis et en musique. Quelques verres, un gâteau et certainement quelques cadeaux m'attendent. J'ai hâte !

J'arrive au lounge bar et cherche Barbara du regard. Je la vois qui vient vers moi, tout sourire. Elle est radieuse, avec ses longs cheveux blonds, ses yeux noisette et sa fine silhouette. Elle porte, comme moi, un jean et un haut blanc à bretelles, quelle coïncidence !

— Salut Barbara, comment ça va ?

— Salut Shelly, ça va très bien et toi ?

— Très bien ! Tout le monde est arrivé ?

— Oui, Ralph, Carole, Philippe, Stéphane, Laurence, Claude et Sophie sont tous là ! On t'attendait.

— Parfait ! Que la fête commence !

Je me dirige vers ce petit groupe que j'adore et commence la ronde des bises et accolades amicales. Quelques petites blagues et taquineries démarrent cette superbe soirée. Avec mes amis, nous sommes très proches, mais nous gardons chacun notre vie privée et intime, sans nous mêler des affaires des autres. Ce cercle très fermé me plaît, ça nous donne l'impression d'être un groupe de la jet-set. J'ai appris à m'habituer au côté tactile des habitants de la région. Je dirais même que j'aime ces contacts. Originaire de Paris, où les gens sont plutôt distants, j'apprécie cette chaleur humaine.

Nous discutons de sujets qui nous touchent ou nous intéressent, tout en buvant du champagne. Avec les filles, nous allons danser un peu, nous trémousser autour des barres de pole dance. Nous nous amusons beaucoup et passons une excellente soirée. Nous buvons, beaucoup. Pauvre Claude ! J'étais tellement saoule que je me suis assise sur le bar et lui ai raconté ma vie pendant que les autres étaient sortis fumer. J'ai dû lui saper le moral avec tout ça. Puis arrive le moment du gâteau et des bougies à souffler, nous rappelant qu'une année de plus est venue s'ajouter à toutes les autres. 36 ans, voilà, un pas de plus vers la quarantaine. Ça nous assène un sacré coup sur la tête, un bon coup de vieux comme on dit. Le gâteau est très bon, un fraisier, basique mais qui fait toujours son petit effet.

Je profite de cet instant pour ouvrir mes cadeaux. Que des objets érotiques : une queue de castor rose en forme de coeur pour donner des fessées, de la peinture comestible au chocolat avec un pinceau pour dessiner sur notre partenaire et en goûter chaque centimètre, une balle anti-stress en forme de bourses masculines, etc. Je trouve ça drôle et les range dans un sac pour les rapporter chez moi après la soirée. Une nouvelle commande de champagne clôture cette fête d'anniversaire. J'aime mes amis, je les remercie tous d'être venus célébrer ça. Je leur souhaite une bonne nuit, rassemble mes affaires et mes cadeaux, et entreprends de rentrer difficilement et en titubant chez moi.

Ma tête tourne quand je rentre chez moi. Un petit studio meublé à seulement 200 mètres de mon lieu de travail. Mon petit chez-moi. Une mezzanine pour mon fils et un canapé-lit pour ma fille et moi. Mes enfants me rendent visite tous les week-ends. Il y a une petite kitchenette qui nous est bien utile et une minuscule salle de bain qui fait l'affaire. Il y a un grand placard où se mêlent mes vêtements et mon garde-manger, et un portique pour les vêtements longs sur le côté de la mezzanine. J'ai un ordinateur avec un petit écran qui fait office de télévision. Le tout dans treize mètres carrés. C'est petit, mais fonctionnel, et la proximité avec mon lieu de travail m'a séduite, moins de temps dans les bouchons citadins.

Dans mon groupe d'amis, il y a Barbara, ma meilleure amie. Elle dégage un charisme sans pareil, tout le monde l'adore. C'est comme si un champ magnétique l'entourait, l'empêchant d'avoir des ennemis. On peut parler de tout avec elle, de la pluie et du beau temps jusqu'aux sujets délicats. Avec elle, nous partageons tout : les peines, les joies, même les problèmes d'ordre intime. Nous n'avons aucun secret l'une pour l'autre. Elle a été à mes côtés pendant mon divorce. Son soutien m'a aidée à ne pas sombrer dans une dépression profonde, et aussi à supporter les plaintes de mon patron, un peu trop tatillon sur le ménage du bar. Le burn-out n'était pas loin, heureusement que j'avais Barbara et Tracy dans ces moments difficiles. Quand je ne peux pas parler d'un sujet avec mes enfants, je sais que je peux l'aborder avec Barbara.

Passer un moment avec elle est comme une bouffée d'oxygène pour moi. Elle aime s'amuser et danser, mais elle n'est pas extravertie et familière comme moi. Nous sommes comme des soeurs. Toujours ensemble, que ce soit pour faire les boutiques en ville, pour des petits restos ou juste pour se balader. D'ailleurs, on nous appelle les frangines.

Chapitre 2

Dans ma vie privée, j'ai mes enfants. Ils ne vivent pas avec moi, mais je les vois souvent, comme je le disais un peu plus tôt. Kévin est dans une école professionnelle. Il vit dans une chambre d'étudiant toute équipée. Il désirait avoir son indépendance, comme tous les jeunes adultes. Tracy est au collège. Elle n'aime pas trop l'école, mais elle s'accroche. Elle aimerait déjà être dans la vie active et gagner son propre argent. Mais elle a encore le temps pour ça. Elle vit chez son père, à environ 45 minutes de transports en commun de chez moi. Il lui est déjà arrivé de me faire une petite blague en me faisant croire qu'elle ne venait pas ce week-end parce qu'elle avait d'autres choses de prévues. Mais en entendant ma voix triste, elle me faisait rapidement part de sa blague, et je me sentais très vite soulagée. C'est trop difficile moralement de ne pas voir mes enfants.

Je suis surexcitée quand arrive le week-end et qu'ils sont sur le point d'arriver. Même quand je suis épuisée, j'ai hâte qu'ils soient là. Cela me fait un bien fou de passer du temps avec eux. Je fais en sorte qu'on puisse sortir un peu : un petit restaurant le midi et une séance au cinéma l'après-midi. Ça me fait mal au coeur d'être obligée de les laisser le samedi soir parce que je travaille, mais je n'ai pas le choix. Alors, je me rattrape toute la journée en prévoyant des loisirs. Ils ne m'en tiennent pas rigueur. Ça leur permet de se retrouver un peu, vu qu'ils ne se voient pas beaucoup en semaine.

L'été passe tranquillement, avec quelques soirées entre amis pendant mes jours de repos, les week-ends à la mer ou encore les journées au lac ou à la piscine. Les moments partagés avec Kévin et Tracy me manqueraient s'ils n'avaient pas lieu. Ce week-end, nous avons été très occupés, au vu des demandes de Tracy.

— Maman ? Est-ce qu'on peut aller au lac, toi, moi et Kévin ? On pourrait prendre un pique-nique.

Ma fille, tout sourire, espérait que je dise oui.

— Allez, pourquoi pas. Il faut profiter de l'été avant qu'il ne se termine.

Cris de joie dans les oreilles, je prépare les affaires et un petit pique-nique dans la glacière. Et nous voilà partis au lac de Domène. Il y a beaucoup de monde en cette journée d'été. Il fait tellement chaud que tout le monde a eu la même idée que nous, plonger dans l'eau du lac pour y trouver un peu de fraîcheur. Ça fait du bien. Nous nous baignons et nous amusons beaucoup.

Le midi, nous prenons notre pique-nique à l'ombre d'un grand parasol, sur un plaid. On se régale d'un repas frais : salade de riz, chips et jambon, ainsi que des sodas bien frais. Nous nous autorisons un petit plaisir en allant au snack pour y commander une glace. Une journée parfaite. Je ne me baigne pas après le repas, je lézarde au soleil sur un transat, je me repose, ça fait du bien. La journée se termine, nous rentrons au studio. Le week-end est fini, mes enfants repartent. Je me retrouve seule avec

Viff. La vie reprend son cours en attendant le week-end suivant. Mon chien, je l'aime très fort. Il est une constante qui me fait tenir le coup moralement. Il me fait la fête chaque fois que je rentre. Nous faisons de belles balades tous les deux et il me le rend bien. Toujours à me faire des câlins. Pour ma part, il fait partie de la famille, même si beaucoup de gens trouvent ridicule de dire qu'un chien fait partie de la famille.

Après ça, le temps file trop vite, la rentrée arrive déjà. Les cours reprennent pour Kévin et Tracy. Cela met vraiment un point à l'été qui est déjà derrière nous. Mais nous gardons de très bons souvenirs de cette saison, mes enfants et moi. Place aux pullovers, pantalons et chaussures fermées, quand ce n'est pas le parapluie qu'il faut sortir. Toujours les mêmes journées, les mêmes travails et cet emploi du temps qui ne s'allège pas. C'est à peine si j'ai le temps de voir la grisaille qui nous rend aigris et nous sape le moral. Je déteste cette saison, je la trouve tellement triste. J'aime le printemps, la douceur des températures et les fleurs qui éclosent pour laisser entrevoir leurs jolies couleurs. Le chant des oiseaux, et la luminosité changeante du soleil qui se montre timidement, mais nous en sommes encore loin.

En septembre, je m'étonne d'être à l'aise dans mes jeans. Je ne les perds pas, mais je ne suis plus serrée comme avant. Une petite victoire, je me dis que c'est une bonne chose. Les jours passent dans une routine déconcertante. Comme on dit à Paris, métro, boulot, dodo. Heureusement que j'ai Barbara, Tracy et Kévin pour me sortir de ces journées monotones. Mes emplois me prennent aussi beaucoup de temps, je ne vois pas les heures passer. L'automne avance pas à pas, triste, froid et humide comme à son habitude. Au lounge bar, le patron organise de très nombreuses soirées à thèmes. Sans compter Halloween avec toutes les fausses toiles d'araignées qui pendent dans tout l'établissement ou des anniversaires avec plein de confettis, c'est très pratique pour le ménage, me dis-je ironiquement. Je râle toute seule devant ce bazar que je dois balayer avant de faire le ménage courant.

Ça m'énerve toutes ces choses qui se collent partout et que je n'arrive pas toujours à atteindre. Quelquefois, il en reste coincé dans les rainures des marches ou sous le bar, et ça, Stéphane sait bien me le faire remarquer. Il pourrait être un peu plus clément, étant donné que c'est lui qui investit dans ce genre d'artifices. Mais je peux toujours pester dans mon coin, cela ne changera pas les choses pour autant.La ville me paraît tellement triste dans ces teintes de grisaille. On se croirait dans un tableau en noir et blanc qui ne dégage aucune émotion. Pourtant, il pourrait y avoir de très belles journées ensoleillées, qui feraient ressortir les jolies couleurs des feuilles des arbres, mais non, il faut qu'il pleuve tous les jours. C'est démoralisant. Qui plus est, je ressens une grosse fatigue en ce moment. Sûrement dû à cette météo maussade. Le temps passe, la pluie quotidienne laisse la place au froid sec et pénétrant.

Nous rentrons dans l'hiver sans nous en rendre compte. Décembre. On prévoit les fêtes, les repas de famille et les cadeaux qui vont avec. Mais, en ce mois d'hiver froid, je m'étonne. Je dois me racheter des jeans. La taille de ceux-ci fait des plis accordéons avec la ceinture. J'ai perdu une taille de pantalon, je mets désormais du 40. Je dois travailler trop pour avoir perdu autant de poids en si peu de temps. Mon corps a changé, ça me plaît. J'ai un peu moins de complexes.

Avec Barbara, on se retrouve en ville pour aller manger une crêpe et boire un chocolat chaud. Je lui fais part de cette perte de poids et de mes nouveaux jeans ajustés. Je suis beaucoup moins complexée et j'aime en faire part autour de moi, je suis fière. Elle est contente pour moi. Mais je lui dis aussi qu'en ce moment, je suis un peu fatiguée. D'habitude, je ne suis pas contre une petite soirée télé, mais ces derniers temps, à 20 h 30 maximum, je suis couchée et prête à dormir. Sans doute le surmenage ! Aucune inquiétude ne vient ternir notre discussion. On passe à autre chose. On se dit que l'on pourrait monter en montagne et s'amuser à faire de la luge, même si ce sont les enfants qui ont ce genre d'activité. Ça fait du bien de lâcher prise en ne pensant à rien d'autre le temps d'un après-midi. Nous buvons notre chocolat, nous parlons de tout et de rien. Comme un sablier, l'après-midi s'est écoulée. Dehors, il fait déjà sombre. Nous nous quittons pour retourner à notre quotidien.

Noël... S'il y a bien une fête que j'honore, c'est bien celle-ci. J'y mets tout mon coeur. L'esprit de Noël, c'est avant tout le sapin, qui doit briller de mille feux et toutes les petites décorations autour. Une table bien préparée, ornée de paillettes, de houx et de bougies, suggère bel et bien un repas en famille. Ce repas sera composé des mets de fêtes de fin d'année, comme le foie gras, le saumon, un bon gigot d'agneau avec ses accompagnements et, bien entendu, une bûche glacée digne d'un dessert gourmand. Le moment tant attendu s'en vient enfin, le partage des cadeaux. La joie est à son comble. Le bonheur est présent comme chaque année, même dans ce foyer qui a été malmené par le passé.

Kévin et Tracy sont ravis de leurs cadeaux. Quelques coffrets de produits de beauté pour ma fille, et un jeu vidéo pour mon fils. Même Viff est gâté, avec un jouet qui couine quand on appuie dessus. Pour moi, le plus beau cadeau, c'est de voir que mes enfants sont restés eux-mêmes dans cette épreuve. Je suis émerveillée par leurs sourires et leurs yeux pétillants de joie. Je retiens des larmes de bonheur qui sont au bord de rouler sur mes joues.La semaine qui suit, nous passons une soirée des plus banales pour le jour de l'an. Pizzas, sodas et DVDs. Ce qui ne nous empêche pas d'attendre le fameux compte à rebours pour claironner un "bonne année !!!" le plus fort possible pour se faire entendre des promeneurs les plus tardifs à l'extérieur. Puis, les fêtes se terminent en laissant la place à la routine qui bouscule nos journées.

Chapitre 3

Nous sommes vite arrivés en février. Le froid est sec et piquant. Couverte d'une grosse doudoune, d'une écharpe et d'un bonnet, je rejoins mes amis à L'OASIS. Je demande à Barbara de venir à l'écart des autres, je dois lui parler en tête-à-tête. Elle me suit, une mine défaite d'inquiétude sur le visage.

Je lui explique que j'ai encore perdu du poids, que mes pantalons sont désormais en taille 38. Je pèse maintenant 52 kg, ce qui signifie que j'ai perdu 25 kg en six mois. Je suis de plus en plus fatiguée et mon sein gauche me fait mal. J'ai perdu l'appétit aussi. Je m'inquiète de ces symptômes qui ne cessent de s'accumuler. Je vois bien à sa mine décomposée qu'elle est soucieuse de ce que je viens de lui dire. Elle me conseille d'aller voir ma gynécologue, car elle seule pourra m'examiner et peut-être trouver le problème, et c'est ce que je vais faire. Je prendrai rendez-vous dès demain matin. Ensuite, nous rejoignons nos amis pour essayer de passer une bonne soirée sans éveiller de soupçons sur nos tracas.

Le lendemain, j'appelle la secrétaire du Dr Villepain et lui demande un créneau dès que possible. Rendez-vous pris, je raccroche et continue ma journée. Quelques jours plus tard, enfin, c'est mon entrevue avec la gynécologue. Je ressens un peu de stress, mais léger. Je lui fais part de ma douleur au sein et lui explique que j'ai perdu 25 kg en six mois, sans faire de sport et que je suis de plus en plus fatiguée.

Ma gynécologue me dit que ma perte d'appétit doit être d'origine digestive, que j'ai des ballonnements et beaucoup d'air dans l'abdomen. Elle me prescrit un traitement pour diminuer ces sensations. Elle me rassure pour la douleur au sein, affirmant que c'est normal pendant les cycles menstruels. Quant à la perte de poids et à la fatigue, elle pense que le surmenage y est pour beaucoup. Elle me suggère de prendre un peu de repos. Mais c'est plus facile à dire qu'à faire. Elle me tend mon ordonnance pour mon traitement et insiste sur la nécessité de prendre du temps pour me reposer. Nous nous quittons en pensant ne pas avoir besoin de nous revoir avant le prochain contrôle annuel.

Je rentre chez moi avec mon traitement, rassurée. J'appelle Barbara et lui explique tout. Elle aussi est rassurée. Je retrouve un sommeil correct et essaie de me nourrir correctement. Je me force, pour tenir le coup pour mes enfants et ne pas les inquiéter. Mais cela ne passe pas. J'ai toujours mal au sein. Ma fatigue est extrême. Je ne sors même plus avec mes amis les soirs de repos. L'inquiétude s'empare de moi. Et pour ajouter une peine de plus, Kevin m'annonce qu'il a fait la connaissance d'une jeune femme par le biais des réseaux sociaux, qu'il l'a déjà rencontrée et qu'il décide de partir en Suisse pour la rejoindre et vivre avec elle. Il partira fin février. J'accuse le coup, mais je me dis que s'il est heureux, c'est le principal. Je ne lui parle pas de mon anxiété vis-à-vis de ma santé. Je préfère qu'il soit bien dans sa tête pour démarrer sa nouvelle vie. Je lui souhaite d'avoir autant de bonheur qu'il le mérite. Après tout, il n'y a qu'une heure et demie de route pour aller le voir en Suisse, c'est vite fait. Ça me rassure pour l'avenir.

Sur les conseils de Lara, une amie très proche que j'ai rencontrée à Grenoble en 2004, je change de gynécologue et vais voir le sien, le Dr Belle. Quand je lui parle brièvement de mes symptômes et du diagnostic de sa consœur, il semble dépité. Sans m'alarmer, il me dit :

— Vous allez faire une mammographie. Dès que je reçois les résultats, je vous appelle et nous aviserons à ce moment-là de la suite à convenir.

Je lui dis au revoir et quitte son cabinet avec une boule au ventre.

Une semaine plus tard, le gynécologue m'appelle. Le ton de sa voix est grave, il est inquiet. Je dois aller le voir tout de suite. Avec une angoisse suffocante, je me rends à la clinique des Sommets, où se trouve le cabinet du Dr Belle.

Quand j'arrive dans son bureau, il me dit qu'il doit me faire une biopsie. En effet, les images de la mammographie révèlent une masse profondément installée dans le sein gauche. J'ai l'impression que je vais m'évanouir sous le choc. Je tiens bon et je l'écoute. Il me dit que ce n'est pas très agréable, mais que je dois absolument le faire.

Il m'installe sur la table d'examen et il

recherche cette masse à l'aide d'un échographe. Après avoir désinfecté la zone, il injecte un anesthésiant local pour supporter le prélèvement. Ensuite, il plante dans mon sein une longue aiguille avec une sorte de pince à sa base. Il prélève trois petits bouts de cette masse, qu'il pose chacun sur une sorte de plaquette et les met dans un pot avec un liquide rose à l'intérieur. Tout cela partira au laboratoire d'analyse. Il essaie de me rassurer de nouveau, avec l'espoir que ce ne soit qu'un kyste ou une tumeur bénigne. Il me conseille de ne pas mouiller la zone où un pansement a été apposé le jour même et que j'aurai une petite marque un long moment sur le sein.

— Il faudra patienter environ 15 jours pour avoir les résultats. Dès que je les reçois, je vous appelle tout de suite. En attendant, vous devez passer une IRM. J'aurai besoin de ces images si une chirurgie s'avérait nécessaire. Les images me donneront l'aspect, la taille et la forme de la masse.

— Cela fait beaucoup d'examens en peu de temps, j'ai trois emplois, ça va être compliqué sur une période si courte !

— Shelly, tous ces examens sont nécessaires, il faut trouver le temps.

— D'accord, je vais prendre rendez-vous au plus vite. Merci beaucoup, Docteur.

— Je vous revois dans quelques jours avec les résultats de l'IRM. D'ici là, reposez-vous !

On se dit au revoir, et je quitte la clinique d'un pas lourd. J'ai un nœud dans la gorge et une boule au ventre. Je n'ai plus goût à rien, je fais juste mon travail du mieux que je peux. L'attente des résultats est un supplice, à la limite de l'insoutenable. Je suis comme une lionne en cage, je tourne en rond. Je deviens irascible. Je me suis éloignée de mes amis, je m'enferme dans une solitude morne. Je suis au bord du gouffre, en dépression.

J'ai trouvé un rendez-vous rapidement pour l'IRM, ce qui signifie encore un examen et de nouveau de l'angoisse. Je dois aller à la pharmacie pour prendre un produit de contraste. Il est également dit que je dois être à jeun pendant 4 heures. Eh bien, allons-y. Je me rends au centre de radiologie près de chez moi. Je m'enregistre auprès de la secrétaire et je dois suivre la ligne bleue jusqu'à la salle d'attente.

Je n'ai pas attendu très longtemps, à peine le temps d'arriver. Tant mieux, plus vite c'est fait, plus vite je suis débarrassée. C'est très contraignant, une IRM mammaire. Je suis torse nu et j'ai enlevé tous mes bijoux et mon soutien-gorge. Une manipulatrice me demande de m'asseoir le temps de poser un cathéter à mon bras.

Ensuite, je dois me placer à plat ventre sur la table de l'IRM, et mes seins sont plaqués dans ce qu'on appelle une antenne. On me couvre et on me met un casque pour atténuer le bruit fort de l'appareil. Ça démarre. La table avance dans le tunnel jusqu'au milieu. J'ai l'impression d'être dans une boîte.

Je suis claustrophobe et donc très stressée.

Malgré un décontractant pris avant l'examen, l'angoisse se fait bien sentir. Cela ne dure que 20 minutes, mais ça me paraît une éternité. Qu'est-ce que je fais là, comment ai-je pu en arriver là ? Ma vie a basculé. Elle ne sera plus jamais la même si je m'en sors. Dans les haut-parleurs, la manipulatrice me dit que c'est fini.

La table recule et je sors enfin de ce tube oppressant. Je n'arriverai jamais à guérir de cette impression d'enfermement. Je me rhabille et je vais finaliser mon dossier au secrétariat. On me donne mes images et mon compte rendu. Je ne demande pas mon reste, je pars au plus vite pour rentrer chez moi, enfin.

Je me prépare un petit repas léger pour reprendre des forces pour le travail cet après-midi. Et la journée suit son cours.

Chapitre 4

Grenoble, le 5 mars 2011.

Mon téléphone sonne, c'est le gynécologue qui m'appelle. Je n'ose pas répondre, mais il le faut, je veux savoir.

— Shelly Cooper, nous devons nous voir au plus vite. Les résultats sont alarmants. Venez à mon cabinet cet après-midi, s'il vous plaît.

— Qu'est-ce qui se passe, qu'est-ce que j'ai ?

— C'est un carcinome infiltrant de type canalaire.

Je ne comprends pas, c'est trop technique pour moi. Je lui demande de m'expliquer avec des mots simples, pas avec des termes savants.

— C'est un cancer à un stade avancé, c'est une tumeur maligne.

La pièce autour de moi tourne, j'ai la nausée. Mes jambes tremblent, j'ai l'impression que je vais tomber, je m'assois au bord de l'évanouissement. Le monde s'effondre. C'est un cauchemar, je vais me réveiller.

— D'accord, je vais venir. À tout à l'heure, Docteur.

Je dois en parler, j'ai besoin d'en parler. Mais je ne veux pas inquiéter mes enfants. Donc, j'appelle Barbara.

Je suis en larmes, toute tremblante.

— Barbara, c'est très grave. Est-ce que tu peux venir au café d'en bas, s'il te plaît ? J'ai besoin de parler.

— Oui, pas de souci, j'arrive.

Je descends au café, je m'installe à une table et j'attends Barbara. Elle arrive très vite. Nous commandons un chocolat chaud, comme nous le faisons habituellement.

Je ne sais pas comment annoncer la nouvelle à mon amie. C'est elle qui commence.

— Allez, ne me fais pas attendre plus. Dis-moi ce qu'il y a.

— J'ai un cancer du sein !"

Je vois son visage devenir blême. Elle a les larmes aux bords des yeux. Elle a du mal à parler, tellement sa gorge se serre et elle a du mal à reprendre son souffle. La nouvelle lui fait comme un coup de poignard en plein cœur.

— C'est pas possible, pas ça. Les résultats sont-ils sûrs ? Ils ne se sont pas trompés ?

— Non, il n'y a pas d'erreur, il y a une masse et c'est une tumeur maligne. J'ai peur, Barbara, vraiment. Et si je meurs... Je ne veux pas mourir !

— Ne dis pas ça, non, non, non, ça n'arrivera pas hein ! Je ne sais pas quoi te dire, je n'arrive pas à réfléchir ! Il faut que tu fasses le nécessaire ! Fais toutes les chirurgies qu'il faut, tous les traitements, etc. Tu dois guérir ! Tu le vois quand, le gynécologue ?

— Je vais le voir cet après-midi, il faut qu'il m'explique tout ce qui va se passer maintenant ! Tu crois que je vais mourir ? Combien de temps me reste-t-il à vivre ? Et mes enfants, qu'est-ce qu'ils vont devenir ?

Je m'effondre en larmes de nouveau. Je suis dévastée, et furieuse à la fois. Une fois la crise calmée, je vois qu'il est temps que je parte pour la clinique.

— Je dois y aller, Barbara, il est l'heure ! Je t'appelle dès que je sors pour te dire ce qu'il en est !

— D'accord, j'attends ton appel. À tout à l'heure. Courage !

Je ne réalise pas vraiment ce qui m'arrive. Je suis comme un avion sur pilote automatique, je parle, je bouge, mais je n'existe plus. Plus rien n'existe. Je pense à mes enfants, ma famille, mes amis. Je ne veux pas les quitter pour toujours. L'heure tourne, je suis de plus en plus nerveuse, je redoute ce moment avec le Dr Belle. Mais avec un peu de courage, je rentre dans la clinique et me dirige vers le cabinet du gynécologue.

— Shelly Cooper, bonjour, asseyez-vous je vous en prie !

— Bonjour Dr BELLE !

— Avez-vous les résultats de l'IRM ?

— Oui, bien sûr ! Les voici !

Un silence pesant règne dans la pièce pendant qu'il étudie les images.

— Comme je vous l'ai dit au téléphone, vous avez une tumeur maligne au sein gauche. J'en ai une image détaillée grâce à l'IRM. Et il va falloir la retirer. Nous allons pratiquer une tumorectomie ! Cela consiste à une résection de la masse par une chirurgie sous anesthésie générale.

Ce mot "tumorectomie" me glace le sang. Ça concrétise l'existence de cette chose qui s'est immiscée en moi comme un monstre silencieux, un envahisseur hostile que j'aimerais arracher, là tout de suite de mes propres mains. Mon corps me dégoûte ! Le fait de savoir qu'il est là, en moi, me fait peur. Et s'il ne voulait pas partir, s'il s'accrochait jusqu'à me faire partir moi, pour toujours ?

— Docteur, est-ce que vous allez m'enlever le sein en entier ?

— Non Shelly, je vais pratiquer une tumorectomie, c'est-à-dire que je vais retirer juste cette tumeur et découper tout autour d'elle pour élargir des marges saines. Quelques heures avant l'intervention, vous allez d'abord faire repérer cette tumeur grâce à un procédé de repérage par harpon en centre de radiologie. C'est la secrétaire qui va s'occuper de prendre le rendez-vous à l'imagerie. À la suite de ça, vous viendrez à la clinique, et en bloc stérile nous allons procéder au retrait de cette tumeur par une petite incision sous le sein. Cette intervention se fait en ambulatoire, vous allez rentrer chez vous le soir même !

Mais ce ne sera pas fini pour autant. Je vous reverrai dans les deux semaines pour un contrôle. Vous devrez ensuite prendre rendez-vous avec un oncologue. Vous aurez des séances de radiothérapie. C'est pour éradiquer définitivement le cancer et empêcher une récidive. Pour ce qui est de la durée et du nombre de séances, c'est l'oncologue qui le décidera. Chaque patient est différent, donc le traitement aussi. Mais ne vous inquiétez pas, il fera avec vous des simulations. Cela permettra de voir en visuel direct la zone à traiter et la position de l'appareil à rayons.

Sa voix est lointaine, je ne l'écoute presque plus. Tout se bouscule dans ma tête, comme un tourbillon d'informations sur le point de ressortir une fois entrées.

"Docteur, je ne crois pas être capable d'endurer tout ça. C'est beaucoup trop pour moi. Ça m'effraie."

— Shelly, la clinique met à disposition des patientes dans votre cas, un service gratuit de psychothérapie. Si vous en éprouvez le besoin, n'hésitez pas, nous trouverons un rendez-vous avec la psychologue. Pensez-y.

Même dans mes plus lointains souvenirs, je ne me souviens pas avoir été aussi angoissée de toute ma vie. Je suis anéantie par tous ces événements. J'ai peur de mourir. Un cancer, cette chose qui nous met un pied dans la tombe ! Il y a des chirurgies qui semblent faciles et anodines, comme l'appendicite ou l'amygdalectomie. On est confiant, on se fait opérer et hop, quelques semaines après, on reprend le rythme de notre vie.

Mais avec un cancer, la peur est là, omniprésente. Et si je ne me réveillais pas ! Dans ce cas, nous sommes dans l'inconnu. On ne peut pas savoir si tout va bien se passer, est-ce qu'on va finir par réussir à se débarrasser de cet intrus ? Tant de questions sans réponses. Je divague, je suis à mille lieues de ce cabinet. La voix du Dr BELLE me sort de ma torpeur.

— Shelly, avez-vous besoin d'un rendez-vous avec la psychologue ?

— Oui Docteur ! C'est nécessaire ! Merci !

— Je vous raccompagne au secrétariat pour faire votre dossier de chirurgie.

Je repars dans mes pensées. Comment gérer tout ça ? J'espère que je ne vais rien oublier ? Si je rate une étape, est-ce qu'il faudra que je recommence tout ? Et voilà, je panique ! Ce qui me rassure, c'est que la secrétaire va tout noter dans le dossier, les rendez-vous, les lieux et les noms des spécialistes.

Mon quotidien était réglé comme du papier à musique. Mais il va falloir que je réorganise tout. Je vais devoir demander à mes patrons de changer certains horaires et peut-être même changer des jours de travail. Comme si mes journées n'étaient pas assez chargées ! Bon, commençons par la chirurgie. Je verrai au moment venu comment planifier mon emploi du temps.

— Madame COOPER...

— Excusez-moi, j'étais ailleurs. Vous disiez ?

— Je vous ai noté le rendez-vous avec l'anesthésiste, quelques jours avant la chirurgie, le rendez-vous avec le radiologue le jour de l'intervention pour le repérage et j'ai noté le jour et l'heure de la chirurgie.

Je lis en lettres capitales :

LUNDI 28 MARS 2011 à 9h30.

Nous y voilà, une date, une heure. Potentiellement ma guérison si je survis à l'opération. J'acquiesce et dis au revoir à la secrétaire.

Je suis désorientée, je ne sais plus si je dois aller travailler, ni où. Ou est-ce que je rentre chez moi ? Un court instant de doute. Mais j'ai fini ma journée, je rentre chez moi.

Je broie du noir. Un cancer, une chirurgie, une psy et j'en passe... Pour chambouler mes plannings, je dois en parler à mes patrons, mais avant tout, c'est à ma famille qu'il faut que je le dise. Comment leur annoncer une chose pareille ? Ensuite, mes patrons et enfin mes amis.

Chapitre 5

Une nouvelle aussi accablante ne s'annonce pas à la légère. Je dois y mettre les formes. Il faudra que j'aie l'air confiante pour ne pas faire peur à mes enfants et à ma famille. Pour mes patrons et mes amis, ce ne sera pas pareil. Sans lâcher ça comme une bombe pour autant, je ne tournerai pas autour du pot. On dit que la nuit porte conseil, alors je vais promener Viff, je prends une douche et vais me coucher.

Hélas, le sommeil me fuit. Je me tourne et me retourne sans arrêt. Je cherche de quelle manière je vais annoncer mon cancer et ma chirurgie à Kévin et Tracy. Surtout que pour Kévin, ce sera en visio à distance, c'est tellement impersonnel. C'est vraiment difficile de devoir semer l'angoisse chez ceux qu'on aime.

Je finis par m'endormir à 4h00 du matin, soit 30 minutes avant que le réveil ne sonne. Je suis éreintée, mais je dois travailler. Petit déjeuner, la balade de Viff et c'est parti. J'arrive au bar, il y a déjà de la lumière, mon patron est déjà là. Il m'explique qu'il a quelques travaux à faire. Il est de bonne humeur, il a apporté des croissants. Ça fait plaisir. Mais je me sens un peu coupable de devoir lui annoncer qu'il faut changer mon planning, mais ce n'est pas pour tout de suite, mes enfants d'abord.

Je prends un petit café avec Stéphane, mon

patron, je mange un croissant avec plaisir et je démarre le ménage qui me prendra 5h00 en tout. La tâche est longue et ardue mais se fait sans problèmes, j'ai l'habitude, même si je dois faire plus d'efforts qu'avant par manque d'énergie.

Mon travail terminé, je prends une douche et rentre chez moi pour manger un peu et promener mon chien. Je n'ai hélas pas beaucoup de temps à lui consacrer, je dois retourner travailler pour la société de nettoyage, je fais le ménage chez des personnes âgées. Cela me prend généralement 3 heures. Ce sont des personnes adorables. Toujours un petit café ou thé avec du cake fait maison. J'adore passer du temps avec ces gens qui ont toujours un petit mot gentil. Ils ne sont pas exigeants sur le ménage, au contraire, si je les écoute, il faut faire juste ce qu'il faut, je ne dois pas m'épuiser du moment que leur maison est propre. Mais j'ai des principes, je fais les choses comme il se doit. Le patron de la société est assez content de moi.

Quand je rentre chez moi après ces deux demi-journées, je suis épuisée, mais satisfaite de les avoir accomplies. Je retrouve mon meilleur ami, Viff. J'ai plus de temps à lui consacrer. On va se balader au parc, je joue avec lui, il est tellement heureux qu'il me donne l'impression de sourire. Je l'aime ce chien, comme mon enfant. Mon moral remonte toujours quand je lui fais des câlins ou que je m'endors près de lui. Comme on dit, c'est le meilleur ami de l'homme.

Mais nous sommes vendredi, le week-end est là, et demain, ma fille arrive. Je n'ai toujours pas trouvé la bonne manière de lui annoncer ma maladie.

Je vais laisser l'improvisation naturelle faire des prouesses. Il faut juste que j'explique ce qu'il m'arrive et que la chirurgie va me soigner de ce mal qui me ronge. Je ne dois pas montrer mon inquiétude, mais plutôt de la confiance. Sinon elle va prendre peur et s'inquiéter pour moi.

Bon, il faut que je me repose pour avoir l'air radieuse. Peut-être avec une petite touche de maquillage pour masquer mes cernes, mes traits tirés par la fatigue et ce teint grisâtre dû au cancer. Je vais dormir tôt et essayer d'atteindre sept heures de sommeil.

Samedi matin, mon réveil n'a pas encore sonné que je suis déjà réveillée. Anxieuse de la réaction de ma fille. Je me lève, je prends un petit déjeuner léger et vais comme d'habitude sortir mon chien. Je vais faire mon travail au bar, que je termine à 11h00. Quand je rentre, je me rafraîchis, me brosse les dents et me maquille légèrement pour me donner bonne mine. J'ai fait des courses la veille pour qu'elle ne manque de rien. Soda, chips, bonbons et tout ce qu'elle aime pour manger, charcuterie, pâtes, gâteaux, etc. Des trucs d'ados en soi.

Voilà, nous y sommes, elle frappe à la porte. Je lui ouvre avec le plus beau des sourires et l'invite à s'installer.

— Bonjour ma fille, ça va ?

— Bonjour maman, oui très bien et toi ?

Mes mains se mettent à trembler, que répondre à cette question anodine quand on a un cancer à annoncer. Alors, en essayant de rester calme, je lui réponds :

— Ça va moyennement. Je dois te parler de quelque chose qu'il m'arrive.

— Qu'est-ce qu'il se passe ?

— J'ai un cancer du sein !

Elle a crié un NON, en se mettant à pleurer.

— Ne t'inquiète pas, j'ai fait le nécessaire avec un chirurgien. Il va m'opérer pour enlever la tumeur et ensuite je vais avoir un traitement par rayons pour ne pas que ça revienne. Tout va rentrer dans l'ordre d'ici quelques semaines. Ça va aller.

— Mais on peut mourir d'un cancer ! Je ne veux pas que tu meures !

— Je ne vais pas mourir, le cancer sera enlevé et avec les rayons, il ne reviendra pas.

Je n'arrive même pas à me convaincre moi-même. Alors comment la rassurer si je n'y crois pas non plus.

— T'es sûre ? Tu ne vas pas mourir ?

— Non, tu peux être tranquille, tout va bien se passer. Et puis tu ne seras pas très loin, tu pourras venir me voir à la clinique. Comme ça, tu verras que je vais bien. En plus je sors le jour même.

— D'accord !

L'atmosphère est un peu plus détendue, elle se sert du soda et des chips. Je suis soulagée, comme si on m'avait enlevé une épine du pied. Je me détends un peu moi aussi et l'accompagne pour un verre de soda et quelques chips. Mais je vois bien sur son visage, un voile d'inquiétude. Mais ça y est, la nouvelle est annoncée, avec quelques pleurs, mais pas trop de casse.

Nous allons passer la journée en ville. Un peu de shopping prévu et pourquoi pas une petite crêpe. J'ai le cœur plus léger et ma fille s'est remise de ses émotions. Nous passons une bonne journée. Et comme d'habitude, quand je suis de repos, nous allons louer des DVD pour la soirée et commandons de bonnes pizzas. Ne changeons pas les samedis, laissons-les comme on les aime, entre filles et heureuses.

Le dimanche matin, je pars faire le ménage et laisse ma fille dormir. Je profiterai d'un petit repas avec elle le midi quand j'aurai fini. Pendant mes heures de travail, je repense à mon planning de ménage à faire changer par mon patron, et je me demande comment il va le prendre. Mais entre la chirurgie et les rayons, je n'ai pas le choix. Je le verrai lundi et lui annoncerai la mauvaise nouvelle et trouver avec lui un terrain d'entente. Enfin, je l'espère.

Quand je rentre chez moi, Tracy fait le lit, elle a fait les poussières, la vaisselle et elle a même été au lavomatique faire une lessive et la sécher. Le linge propre est plié sur le lit. Elle a un petit air coupable avec un sourire qui dit, comme ça tu pourras te reposer. Je trouve ça très touchant, mais en même temps, je me sens mal à l'aise. J'ai l'impression d'être invalide. Je sais qu'elle veut bien faire, mais je suis gênée.

— Oh ! Merci, il ne fallait pas. C'est vraiment très gentil de ta part !

— Eh bien, j'ai pensé que tu devais être fatiguée, alors j'ai décidé de te rendre service pour que tu aies un peu de temps pour te reposer un peu !

C'est une ado, mais à ce moment, je la trouve responsable. Ça fait chaud au cœur. Mais malheureusement, le week-end est fini, et il faut qu'elle rentre chez son père. Je la remercie de nouveau pour les tâches effectuées et je la raccompagne en bas de l'immeuble. J'en profite pour faire la balade de Viff qui se retourne sans arrêt pour la regarder partir. C'est attendrissant.

Quand je remonte, je m'assois sur le lit, et comme une chape de plomb, la solitude s'abat sur moi. Inconsciemment, je caresse le dessus du crâne de mon chien, la seule présence qui me fait moins me sentir seule. Il faut qu'au plus vite j'appelle Kévin en visio pour lui annoncer la nouvelle. C'est dur moralement de ne pas être près de lui pour lui dire, mais je ne suis pas assez en forme pour faire la route jusqu'en Suisse. Mais je devrais m'en contenter. Je me dis que ce soir est le mieux, il faut battre le fer tant qu'il est encore chaud.

J'ouvre mon PC portable et lance l'application de vidéoconférence. Je ne peux plus reculer, l'appel est lancé.

— Bonjour maman !

— Bonjour Kévin ! Tu vas bien ?

— Oui et toi ?

— Ça ne va pas fort ! C'est pour ça que je t'appelle !

Je ne lui laisse pas le temps de me questionner que je rentre dans le vif du sujet.

— Kévin, j'ai un cancer, du sein !

— Quoi ! Mais c'est pas possible !

— Mais il ne faut pas que tu t'inquiètes, j'ai vu un chirurgien, il va tout enlever et après je vais faire un traitement par rayons pour ne pas que ça revienne.

— Mais on peut mourir d'un cancer, je ne veux pas que tu meures !

— Je ne vais pas mourir, le médecin va faire ce qu'il faut, ça va aller !

— Je ne peux même pas être présent pour toi, je suis dégoûté !

— Si tu veux, dès que je sors du bloc et que je suis réveillée, je t'appelle en visio pour que tu vois que je vais bien !

— Oui je veux bien !

— D'accord, il y aura Tracy avec moi, je ne serai pas seule, et puis tu pourras l'appeler pour prendre des nouvelles !

— Oui, je le ferai, c'est quand l'opération ?

— Le lundi 28 mars à 9H30 !

— Je note, et je ne manquerai pas de prendre de tes nouvelles !

— Bien ! Il faut que je te laisse, je dois aller me reposer. À bientôt !

— Bisous maman, à bientôt !

Nous raccrochons, et de nouveau, le studio devient silencieux, trop silencieux. Mais je me sens plus légère, mes enfants ont été informés de ma situation et je pourrai peut-être mieux dormir à présent.

Demain matin, je dois m'organiser avec mon patron après lui avoir annoncé la couleur, comme on dit. Ensuite, je dois faire la même chose avec le patron de la société de nettoyage. Quand ce sera fait, il me restera mes amis, à part Barbara qui est déjà au courant.

Pour le moment, je regarde un peu la télé, mais pas longtemps, la fatigue a eu raison de moi, je me suis endormie. Heureusement que l'on peut programmer plusieurs réveils sur les smartphones, au moins j'ai pu être réveillée à l'heure pour le boulot. Je me traîne un peu ce matin, je prends mon temps. Mais je suis ponctuelle malgré tout.

Nous sommes lundi, je commence le travail sans entrain. Puis vers 9h00, Stéphane arrive. Comme tous les matins, il prend son café et s'installe à son bureau pour faire ses comptes de la veille. Je m'avance vers lui, à tâtons pour discuter de la situation. Puis, avec hésitation, je me lance.

— Stéphane ?

— Oui Shelly ?

— Je dois te parler très sérieusement !

— D'accord, vas-y, dis-moi !

— Eh bien voilà, j'ai un cancer ! Du sein.

— Oh mince ! Est-ce que c'est soignable ?

— Oui, justement. Je vais subir une opération pour enlever la tumeur. Normalement, je sors le jour même, mais il va falloir modifier certaines choses ! Comme mes horaires, par exemple. Et après l'intervention, j'aurai besoin de quelques jours de repos !

— Bon ! Voyons ce que l'on peut faire pour tes horaires. Qu'est-ce qui t'arrangerait ?

— C'est surtout pour les séances de rayons après la chirurgie que je vais avoir besoin de 2 heures par jour pendant plusieurs semaines. Je vais devoir finir mon travail plus tôt pour aller à la clinique. Je n'ai pas encore le programme exact, mais c'était pour te prévenir.

— D'accord, mais tu me parles de quelques jours de repos, et je n'ai personne pour te remplacer, comment vais-je faire ? Le jour de la chirurgie, je vais demander à Laurence si elle peut le faire à ta place, mais plusieurs jours, je n'ai pas de solution.

Je culpabilise, je mets mon patron dans l'embarras. Je ne sais pas comment réagir. Je dois prendre quelques jours, mais je ne veux pas le laisser dans la galère. Comment vais-je faire si je ne suis pas en état de faire le ménage ? C'est un gros dilemme qui s'impose à moi.

— Est-ce que je peux y réfléchir et te donner une réponse dès que j'ai mon programme pour les rayons ?

— Oui, bien sûr !

— Merci beaucoup, je retourne travailler, à plus tard !

Je me remets au boulot. Je pensais être soulagée, mais pas du tout. J'ai l'impression qu'il veut que je revienne faire le ménage dès ma sortie de la clinique. Mais je ne sais même pas si ce sera possible. Je ne peux rien lui promettre, mais je me sens tellement mal de le laisser comme ça, que je suis prête à faire ce sacrifice. Je vais attendre de voir l'oncologue avant de prendre une décision. Je le vois demain, comme ça ce sera vite réglé.

Le ménage terminé, comme d'habitude, je prends une douche et je rentre manger et sortir Viff avant de continuer ma journée de dur labeur. J'essaye de garder le moral, mais je n'ai plus d'appétit et l'épuisement s'empare de moi. Demain je dois commencer le ménage plus tôt pour me rendre au rendez-vous avec l'oncologue. Je fais une petite sieste pour être en forme demain et chaque fois que je suis de repos l'après-midi. Puis s'en suit une petite soirée tranquille avec Viff et la télé.

Chapitre 6

Mardi, 11h30, je rencontre l'oncologue. J'ai des milliers de questions à lui poser, mais aucune ne sort de ma bouche, alors je le laisse commencer.

— Bonjour Madame Cooper !

— Bonjour Docteur !

— Je suis le Dr LEVIN. Je vais vous expliquer comment vont se dérouler les prochaines semaines. Je vais étudier toutes les images de radiologie que vous avez, et je vais programmer votre traitement en conséquence.

— D'accord, je vous laisse faire !

Il ouvre chaque dossier et les étudie en silence, mais consciencieusement. Il prend quelques notes sur une fiche rose, dont je ne connais pas la finalité. Après quelques instants, il s'adresse à moi avec un air sérieux, plein d'empathie.

— Madame Cooper, nous allons mettre en place un traitement par radiothérapie. Nous allons d'abord faire un scanner de centrage et marquer les zones à traiter avec des points de tatouage. Le nombre de séances dépendra des résultats de l'intervention. Elles seront réparties sur cinq semaines, du lundi au vendredi.

Vous serez toujours accompagnée de membres du personnel médical. Chaque séance dure dix minutes. Le médecin présent dans le service au moment des séances vous recevra après chacune d'elles pour vérifier si tout va bien. Pas de démangeaisons, de plaques rouges, ni de brûlures. Votre bien-être est notre priorité durant votre traitement."

— Y a-t-il des effets indésirables avec les rayons ?

— Oui, il se peut qu'il y ait des réactions de la peau, des sensations désagréables localisées où le rayon aura traité la zone. Il y a aussi une possibilité de fatigue inhabituelle. Mais ça s'arrête là. Il n'y a aucun risque pour votre santé générale.

— Quels sont les horaires pour ce traitement ?

— Généralement, les séances de radiothérapie s'effectuent le matin, entre 9h00 et 12h00.

— Donc je peux venir à 11h30 pour finir ma séance à 12h00 ?

— Oui, bien sûr !

— Parfait !

— Je vais vous donner un rendez-vous pour demain matin. Je dois faire une simulation pour valider la position exacte sur la table et le point précis sur lequel placer le rayon. Il faut que vous soyez à l'aise pour les séances réelles, un peu comme un examen blanc avant le bac.

— D'accord, alors à demain à 11h00 !

— À demain, Madame Cooper !

Je n'aurais jamais pensé que je serais obligée de faire toutes ces choses un jour. C'est un vrai cauchemar. On pense toujours que ça n'arrive qu'aux autres, mais ce sont des idées reçues. Et quand ça nous arrive, on se dit finalement que ça n'arrive pas qu'aux autres. Mais je ne baisse pas les bras, à partir d'aujourd'hui c'est un combat contre ce fléau qui m'envahit peu à peu. Je ne me laisserai pas faire. Il m'a mise à terre, mais je vais me relever et me battre.

Malgré ma combativité, il reste une petite voix au fond de moi qui me dit : "Hé ! Tu sais que tu as une chance sur deux de t'en sortir ? Et donc une sur deux de mourir ?" Cette voix a raison ! L'inquiétude m'envahit de nouveau, adieu mon ardeur et ma détermination, place à la résignation et au désespoir.

Je me fais tout un scénario : et si je meurs, est-ce que je vais le sentir ou bien m'endormir et ne jamais me réveiller ? Est-ce que je vais souffrir ? Que vont devenir mes enfants ? Il y a aussi ma famille, mon père et mes frères. La peine va envahir tout mon entourage, mais je ne veux pas qu'ils souffrent. Mais au fait, je ne les ai pas appelés, mon père et mes frères. En rentrant, je dois m'en occuper, c'est très important. Je ne voudrais pas qu'ils l'apprennent au hasard d'une conversation avec ma fille ou mon fils, c'est à moi de leur dire.

La panique m'assaille. Je ne veux pas mourir, pas maintenant, je suis trop jeune, je n'ai que 36 ans. J'ai encore tellement d'années devant moi et autant de choses à accomplir. Mon moral fait les montagnes russes : un coup je me dis que ça va bien se passer et que je vais m'en sortir, et un coup je me dis le contraire, que c'est perdu d'avance, que je vais mourir de cette chose abominable.

Mes pensées sont confuses, je dois absolument rencontrer la thérapeute. Le rendez-vous est dans deux jours, j'espère que cela va me faire du bien, j'ai l'impression de perdre pied. Tant d'examens, de rendez-vous, trop de choses à retenir. Je ressens ce besoin d'extérioriser tout ce que je ressens, sinon je vais exploser.

Nous sommes au jour du ménage chez les personnes âgées. Tout l'après-midi, entre les tâches ménagères et les conversations avec les personnes chez qui je travaille, je rumine, je me demande comment vont se passer les tests demain à la radiothérapie. Après tout, ce n'est qu'un test, il ne peut rien m'arriver. M'étant rassurée toute seule à ce sujet, je termine ma journée avec un au revoir chaleureux de mes hôtes de la journée.

Malgré l'appréhension, j'ai hâte d'être demain, pour que les choses avancent un peu. Je suis impatiente que tout se mette en place. Je souhaite tellement être débarrassée de cette terrible maladie, que j'aimerais que ce soit déjà fini. Mais chaque chose en son temps. Ne brûlons pas les étapes.

Je sors de mes pensées et décide d'appeler mon père et mes frères pour leur annoncer la terrible nouvelle. Je commence par mon père, qui vit en région parisienne.

— Allô ?

— Allô, papa, c'est moi, Shelly. Comment tu vas ?

— Bonjour Shelly, ça va bien et toi ?

— Eh bien, je dois t'annoncer quelque chose, papa. Voilà, j'ai une maladie grave, un cancer du sein.

— Quoi ! Mais c'est pas possible, Shelly, dis-moi que c'est une erreur, que tu vas bien !

— Non papa, il n'y a pas d'erreur, c'est bien un cancer, une tumeur maligne.

— Est-ce que tu vas mourir ?

— Non, ne t'inquiète pas. Un chirurgien s'occupe de moi, il va m'opérer et retirer cette tumeur, ensuite j'aurai un long traitement de radiothérapie. Tout va rentrer dans l'ordre. C'est l'affaire de quelques semaines. Je t'appellerai régulièrement si tu veux, si ça peut te rassurer.

— Oui, je veux bien, merci Shelly.

— Nous avons les meilleures médecines de nos jours, tu sais, ça va aller !

Un silence s'installe entre nous, un ange passe comme on dit.

— Bon, d'accord. Souffle mon père d'un air désespéré.

On se dit au revoir et je raccroche. C'est vraiment le coup de fil le plus pénible qu'il puisse y avoir à donner.

Je dois encore expliquer ce qui se passe à mes trois frères. Cela va leur être très difficile à supporter. Notre mère est décédée quand nous étions enfants, j'étais leur aînée. J'avais 13 ans, mes frères, 12 ans, 9 ans et 5 ans. J'étais comme une mère de substitution pour eux, donc ils vont avoir peur de me perdre.

Alors j'appelle mes frères et les trois conversations étaient identiques à celle avec mon père, à la différence que mes frères avaient une mauvaise sensation, celle de perdre une deuxième mère. J'ai dû donner les mêmes explications, répondre aux mêmes questions et bien entendu, ils ont eu les mêmes inquiétudes. Je suis désemparée de ne pas pouvoir les rassurer plus que ça. Mais je ne peux rien y faire. Je vais me faire soigner et quand je serai guérie, je pourrai appeler ma famille avec peut-être de meilleures nouvelles, enfin je l'espère.

Chapitre 7

Ce soir, mes amis m'ont invité à prendre un verre à l'Oasis. Je suis fatiguée, mais j'ai besoin de me changer les idées, alors j'accepte. Je fais un câlin à Viff, lui fais sa promenade et me prépare à sortir.

Je presse le pas, ça fait un moment que je ne suis pas sortie. Je suis de bonne humeur. J'entre dans le bar et rejoins mes amis à leur table favorite. Je ne leur ai pas encore annoncé pour le cancer. Je fais le tour en embrassant chacun d'eux, accompagnée d'une accolade amicale. Quel bonheur de voir des personnes autres que des médecins ! Et il y a Barbara, mon rayon de soleil. On se fait un gros câlin, là on est loin de l'accolade, c'est plus fraternel. Ça me fait énormément de bien, tous ces contacts. Nous commandons une tournée, à chacun son cocktail préféré.

Dès que nous sommes servis, je prends un air grave et, d'un ton sérieux, je prends la parole :

— Il faut que je vous parle de quelque chose d'important, de grave. Voilà, j'ai un cancer du sein.

Je vois leurs visages se décomposer. Pour ne pas les laisser trop inquiets, je continue rapidement et leur explique tout calmement :

— Ne vous inquiétez pas, tout va bien se passer, c'est opérable. Je vais subir l'intervention le 28 mars. Avec des marges saines et un traitement par radiothérapie ensuite, je devrais m'en sortir. Ça va aller, pas d'inquiétude à avoir.

Je les vois un peu soulagés, mais pas complètement. La question qui suit va m'abasourdir :

— Shel ? Ma question est peut-être bête, mais est-ce que c'est contagieux ? Est-ce qu'on peut attraper un cancer en étant en contact avec une personne atteinte ? me demande Carole.

Ça me glace le sang d'entendre cette question, je suis choquée. Je n'ai jamais songé à ça. Je reste bouche bée. Je connais la réponse pourtant, je sais que c'est non, mais je ne sais pas quoi répondre à cette question absurde.

— Bien sûr que non, ça ne s'attrape pas ! répond Barbara.

Je remarque quelques messes basses dans le groupe, puis soudain, mes amis se lèvent, prétextant être fatigués. Ils me disent au revoir de loin et s'en vont, quittant le bar. Je me retrouve avec Barbara et Ralph, qui me soutiennent quoi qu'il arrive.

Nous sommes ébahis de ce qu'il vient de se passer. Les questions se bousculent. Pourquoi sont-ils partis ? Pourquoi étaient-ils si distants en partant ? Je lis de la tristesse et même de la gêne sur leurs visages.

— Shel, ne t'inquiète pas, c'est un pur hasard. La semaine a été dure pour tout le monde au boulot, ils sont juste fatigués. On se retrouvera bientôt après un peu de repos. Tu verras, ce n'est rien., me rassure Barbara.

— Oui, tu as peut-être raison. Moi aussi je vais rentrer. Comme tu sais, j'ai encore beaucoup d'examens à faire, et la chirurgie approche bientôt. Je dois me reposer au maximum.

— D'accord, mais ne pense plus à ce qui vient de se passer, c'est juste une coïncidence. Repose-toi bien.

— Bien, bonne soirée à tous les deux, rentrez bien, à très vite.

Encore une étreinte fraternelle qui me fait du bien et je quitte le bar pour rentrer chez moi. Ça va, il n'est pas trop tard, à peine 21h00. Je peux être assez reposée pour demain, pour le test.

En début de nuit, je ne m'endors pas tout de suite. Je repense à ce qui s'est passé avec mes amis et me demande ce qui les a poussés à partir aussi vite. Surtout que c'est arrivé après mon annonce du cancer. Et puis il y a eu cette question stupide qui m'a vraiment blessée. Est-ce qu'un cancer s'attrape si on est en contact avec une personne atteinte ? Mais j'abandonne, en me disant que Barbara a sûrement raison, ce n'est qu'une coïncidence. Et je m'endors.

La routine reprend de plus belle. Le petit déjeuner, la balade de Viff et le ménage au bar. Toujours la même rengaine. Le patron trouve toujours quelque chose à redire sur mon travail. À quel moment peut-on faire du neuf avec du nettoyage ? Je ne suis pas magicienne. Je lui en veux. Surtout qu'il y a tous les jours quelque chose qui ne va pas. Il va par exemple me soutenir que je n'ai pas aspiré avant de passer la serpillière. Ou que j'ai mal fait les vitres. Une autre fois, il m'accuse d'avoir cassé l'aspirateur. Mais trop, c'est trop ! Avec ce qui m'arrive en ce moment, je n'ai que faire de ses reproches infondés.

Ça me touche quand même, je fais une dépression. J'appelle Barbara en pleurs et lui raconte tout ce qui se passe avec le patron. Étant donné l'état dans lequel je suis, elle rapplique tout de suite. Je suis tellement en sanglots qu'elle ne comprend qu'un mot sur deux de ce que je lui raconte. Comme elle est barmaid de temps en temps au bar, elle me propose de lui parler pour qu'il calme son comportement envers moi. Alors, j'accepte en espérant que les choses vont se tasser un peu.

Nous passons une bonne partie de l'après-midi ensemble, ça me réconforte. Quand Barbara s'en va, j'appelle Tracy. Je lui raconte les mêmes choses sur le patron et ses remontrances excessives. Elle me réconforte et me dit qu'elle va essayer de passer. Ça me fait plaisir qu'elle veuille venir en pleine semaine. Ça va me faire du bien si elle peut venir.

En attendant, je regarde un peu la télé. Je suis détendue. Mon moral est remonté, je me sens mieux.

Ça frappe à la porte. C'est Tracy, elle a pu venir. Qu'est-ce que je suis heureuse de la voir ! Elle entre et s'installe sur le lit. Elle affiche un joli sourire, elle a un cadeau pour moi.

— Oh Tracy, comme c'est gentil.

J'ouvre le paquet et découvre un t-shirt avec un motif de la mascotte d'un parc d'attractions. C'est un débardeur gris à l'effigie d'un kangourou. Il est joli comme tout, ça me touche énormément.

— Je suis allée au parc d'attractions avec mon père et j'en ai profité pour t'acheter un cadeau. Je devais te l'offrir ce week-end, mais vu ce que tu m'as raconté, j'ai pensé que c'était maintenant que tu en aurais besoin.

Je suis joyeuse. Quel plaisir ! Je propose à Tracy de manger un bout avec moi avant de rentrer, et elle accepte. Nous mangeons simplement, à la bonne franquette comme on dit. Puis je la raccompagne en bas en profitant de sortir mon chien. Comme d'habitude, il se retourne sans arrêt pour la regarder partir.

Je ne lui ai pas dit pour le test de demain. Ce n'est qu'un essai, pas besoin de l'inquiéter. Et comme tous les soirs, je me couche tôt pour pallier à cette fatigue constante. Vous connaissez l'expression, c'est comme pisser dans un violon.

Nous sommes mercredi, je me hâte d'aller faire mon travail au bar. J'essaie d'accélérer pour ne pas être en retard à mon rendez-vous avec le Dr Levin. Ça me fatigue très vite, mais c'est nécessaire pour la continuité des événements. À la fin du ménage, je prends une douche un peu plus longue que d'habitude, parce que ça me fait du bien. Je vais d'abord à mon rendez-vous et, en rentrant, je m'occuperai de Viff. Ce labrador est génial, il n'est pas rancunier malgré tous ces moments où je le laisse seul. Toujours content de me voir.

J'arrive à la clinique et me dirige d'un pas décidé au cabinet de l'oncologue. Je n'ai aucune angoisse. Je me dis que ce sera vite terminé et que je pourrai vite rentrer à la maison.

En effet, la salle est déjà prête. Il y a une table de radio au milieu de la pièce avec un appareil de grande taille, assez imposant. Dans un coin de la pièce, il y a comme un petit refuge séparé de la salle par une cloison vitrée. C'est comme une tour de contrôle, mais en beaucoup plus petit. Tout cela doit être pour diriger le rayon. Même si c'est impressionnant, je suis confiante.

Une manipulatrice m'installe dans un déshabilloir et me demande de me mettre torse nu et que je peux garder mon legging. Je m'exécute et j'attends, me sentant complètement exposée, je croise mes bras devant ma poitrine. Pas plus de deux minutes plus tard, la manipulatrice me fait m'allonger sur le dos sur cette table blanche.

Malgré ma pudeur, on me demande de mettre mes bras le long du corps. Je me sens exhibée et observée. J'ai un peu froid, mais je ne dis rien, je ne veux pas leur faire perdre de temps.

Le médecin arrive à son tour. Nous nous saluons et il m'explique à chaque étape ce qu'il va faire et pourquoi. C'est très rassurant.

— Madame Cooper, grâce aux marqueurs inscrits sur votre sein, nous allons pouvoir traiter la zone avec une grande précision. L'appareil tourne sur 360 ° pour lui permettre de changer de position et de traiter la tumeur sous plusieurs angles pour plus d'efficacité. Vous n'avez donc pas d'inquiétude à avoir quand l'appereil se mettra à bouger. Nous allons vous mettre dans la position excacte au millimètre près pour l'examen, le systeme informatisé va enregistrer cette donnée pour avoir à chaque séance la même position. Je vais placer l'appareil juste au-dessus de votre sein, qui sera traité après la chirurgie. Si l'angle ne correspond pas, je ferai pivoter l'appareil pour l'ajuster au millimètre près.

Nous n'allons pas déclencher le rayon aujourd'hui. Cela sera à partir des séances réelles. Je vais vous demander d'être le plus immobile possible. Le moindre mouvement pendant le traitement pourrait fausser la trajectoire du rayon et faire échouer la séance.

— D'accord, docteur ! J'ai une question. Est-ce que pendant les séances réelles, nous pouvons couvrir au moins mes jambes ? Je ressens un peu de fraîcheur en ce moment.

— Oui, bien sûr, nous prévoirons une couverture pour vos séances.

— Merci beaucoup !

Les réglages reprennent. Ce fut rapide, en à peine

cinq minutes, l'appareil avait trouvé la bonne orientation et l'endroit précis pour le rayon. On me ramène à mes affaires, je me rhabille et vais à la rencontre de l'oncologue pour faire le point.

— Très bien, j'ai toutes les mesures dont j'ai besoin, Madame Cooper ! Je commencerai les séances le lundi 16 mai 2011. Il faut que la plaie à votre sein soit complètement cicatrisée et que vous soyez remise de l'anesthésie générale, qui peut continuer d'avoir un effet de grande fatigue même quelques semaines après l'opération. D'ici là, si vous avez des questions, n'hésitez pas à me contacter.

— Docteur, est-ce que c'est douloureux quand le rayon reste sur ma peau pendant tout ce temps ?

— Non, pas du tout, vous n'allez quasiment rien sentir. Après plusieurs séances, nous évaluerons si il y a des effets indésirables. Rougeurs sur la zone traitée, ou une fatigue plus prononcée que d'habitude. En cas d'irritations, nous vous conseillerons une crème pour apaiser l'inflammation.

— D'accord. Eh bien, je pense que vous m'avez tout expliqué.

— Oui, en effet. Ne vous inquiétez pas, tout va bien se passer. En attendant, à bientôt, Madame Cooper !

— Bonne journée, Docteur, à bientôt !

Et voilà, le test est terminé, ça s'est très bien

passé. C'est vrai qu'il y a moins d'inquiétude quand on fait une simulation. On sait à quoi s'attendre et que ce ne sera pas douloureux. Je file vite à la maison. Viff doit se demander ce qu'il se passe et pourquoi je ne suis toujours pas là pour sa balade. Le pauvre.

Quand j'arrive, il est à la limite des pleurs. Ça me rend triste. Je me dépêche de le sortir et lui fais une belle promenade. J'ai un peu de temps, vu que l'on est mercredi et que j'ai mon après-midi.

Chapitre 8

Je flâne un peu, je prends mon temps. J'ai besoin de me détendre, il y a trop de stress dans ma vie en ce moment. Cette promenade me fait du bien, ça me vide la tête, j'avais l'esprit embrumé avec tout ça. Je rentre tranquillement avec mon chien et envisage de manger un peu. Je me dis que si je me repose cet après-midi, je pourrai aller prendre un verre avec mes amis au bar ce soir. Après mon repas, je m'allonge et fais une petite sieste bien reposante et surtout bien méritée.

À mon réveil, il est déjà 19h00. Que le temps passe vite. Je n'ai pas très faim, je zappe le repas, fais une petite sortie avec Viff et me maquille un peu pour paraître fraîche et en forme.

À 20h00, je vais au bar et rejoins mes amis à leur table. L'éternel câlin à Barbara, la bise à Ralph avec l'accolade amicale, et je poursuis mon tour de table. Mes amis restent assis et me font comprendre qu'il n'y aura pas de bise. Juste :

— Salut Shel, ça va ? de loin.

Pour moi, c'est un moment effroyable. Qu'est-ce qu'il se passe ? Est-ce que j'ai fait quelque chose de mal ? Comme l'autre soir, mes amis se lèvent en marmonnant des excuses du genre :

— Demain, je me lève tôt. Ou :

— je ne me sens pas très bien.

Et, comme l'autre soir, ils quittent le bar comme s'ils avaient vu un fantôme.

J'ai un malaise, je défaillis. Je regarde Barbara et mes amis tour à tour et je pleure. Je ne dis même pas au revoir à Barbara et Ralph. Je pars très vite sans me retourner. Barbara essaie de me rattraper, mais je lui fais comprendre que je veux être seule. Je me sens comme une pestiférée, une paria.

La question stupide me revient à l'instant où mes amis ont refusé de me faire la bise. Ils ont peur d'attraper un cancer. Même s'ils ont tort, même s'ils ne risquent rien, ils m'ont blessée au plus haut point. Je retombe en dépression. Est-ce qu'une thérapeute peut soigner un moral tombé aussi bas à cause d'un comportement irrationnel de la part de mes soi-disant amis ? Je le saurai demain.

Je rentre chez moi en marchant tellement vite que je suis à la limite de courir. Je monte les marches quatre à quatre, et je suis hors d'haleine quand je pousse la porte de mon studio. Je n'arrive pas à me calmer, mon visage ruisselle de larmes et j'ai envie de hurler de rage.

Mais quand Viff s'approche de moi timidement, une vague de soulagement m'envahit. Il ne comprenait pas ma colère, il pensait qu'il avait fait une bêtise, mais quand je lui fais un gros câlin, il se rassure vite et me rend mon câlin. Il est mon meilleur et plus fidèle ami. J'attrape sa laisse pour lui faire une dernière promenade avant la nuit, et il tourne sur lui-même de joie. Le fait de prendre l'air frais du soir m'apaise. Cela ne calme pas ma colère, mais je me détends un peu. Après un petit tour au parc, nous rentrons.

22h00. Mon téléphone affiche sept appels en absence de Barbara. Elle n'a pas laissé de message sur le répondeur, mais ce soir, ce n'est vraiment pas le moment d'en parler. Il est préférable d'attendre demain. Les tensions seront descendues, et comme on dit, la nuit porte conseil.

Jeudi matin. Les mêmes habitudes, encore et encore : le petit déjeuner, la balade de Viff et le travail. La journée s'annonce morose. À part Barbara et Ralph, je n'ai plus d'amis. Tout ça à cause d'une maladie qui ne se voit pas, mais qui détruit tout sur son passage. Je viens de me rappeler qu'avant le ménage chez les personnes âgées, j'ai rendez-vous chez l'anesthésiste. Ça ne dure pas longtemps, mais c'est obligatoire. Encore une journée chargée à l'horizon.

Nous sommes déjà le 24 mars, l'opération est dans quelques jours. J'ai de plus en plus d'appréhensions, même si les médecins m'ont jusqu'à maintenant rassurée du mieux qu'ils le pouvaient. J'ai un mauvais pressentiment. Cela doit être dû à l'angoisse. Il ne faut plus que j'y pense, que je laisse les choses se faire comme cela a été décidé. Il n'y a pas de raison, à notre époque, la médecine a fait d'énormes progrès. Elle est à la pointe de la technologie. C'est difficile de ne pas ruminer quand un cancer vous tombe dessus, on pense toujours au pire.

Mais je continue mon travail sans perdre de temps. Cinq heures plus tard, j'ai terminé. Je prends une douche rapide et file vite à mon rendez-vous avec l'anesthésiste.

Me voici de nouveau dans une clinique. Depuis le début de ma maladie, je les ai en horreur, je ne supporte plus tous ces passages dans les établissements médicaux. Le pire, c'est que ça ne fait que commencer. Je m'avance vers l'accueil et demande où se trouve le service des anesthésistes. L'hôtesse m'oriente aimablement. Je la remercie et me dirige vers celui-ci. Le bureau du médecin se trouve au rez-de-chaussée, je n'ai pas besoin de me perdre davantage dans les méandres de cette clinique.

Quand je trouve le bon service, je m'installe en salle d'attente et observe les affiches sur les murs. L'une d'elles vante les bienfaits de la chirurgie sous hypnose. Je ne savais pas que l'on pouvait subir une intervention chirurgicale sous hypnose. Cela soulève quelques questions quand même. Est-ce qu'on sent quelque chose ? Est-ce qu'on entend ce qui se passe ? Est-ce qu'on est endormi aussi profondément qu'avec une anesthésie générale ? Je ne pense pas être capable de tenter l'expérience. Une affiche présente un programme pour arrêter de fumer et une autre la prévention contre le sida. Il n'y a pas de magazines pour s'occuper, mais je n'en aurai pas besoin, le médecin m'appelle déjà.

— Madame Cooper ?

— Oui, c'est moi !

— Bonjour Madame.

— Bonjour Docteur.

— Allez-y, entrez et asseyez-vous, je vous prie !

— Madame Cooper, vous allez subir une chirurgie sous anesthésie générale, et je serai votre anesthésiste.

— D'accord.

— J'ai besoin de plusieurs informations nécessaires au bon déroulement de l'anesthésie. Quel âge avez-vous, quelle taille faites-vous et quel poids pesez-vous ?

— J'ai 36 ans, je mesure 1,67 m et je pèse 52 kg.

— Bien ! Prenez-vous des traitements ? Fumez-vous ?

— Je ne prends aucun traitement et je ne fume pas.

— Avez-vous déjà été opérée, et de quoi ?

— Oui, recollement des oreilles, amygdales et appendicite.

— Bien ! Avez-vous des allergies ?

— Oui, à la biseptine et au silicone.

— Pas de souci, nous n'utiliserons aucun des deux. Je serai présent jusqu'à la fin de l'intervention. Le jour de l'intervention, si vous êtes trop stressée, une infirmière vous donnera un comprimé pour vous détendre. Vous serez un peu dans les nuages en descendant au bloc. Cela vous aidera mentalement.

— Ce n'est pas dangereux de prendre un décontractant juste avant l'anesthésie ?

— Non, ne vous inquiétez pas, cela est très courant pour détendre les patients très inquiets avant l'intervention. Vous ne risquez rien !

— Très bien, je vous fais confiance.

— Vous pouvez ! Madame Cooper, j'ai toutes les informations qu'il me fallait. Je vous souhaite une bonne journée et vous dis à lundi.

— Bonne journée Docteur, à lundi.

La consultation n'a duré que dix minutes, je pensais bien que ce ne serait pas long. Et c'est tant mieux, il me reste encore à vite passer chez moi pour manger un peu, reprendre des forces, sortir un peu mon chien et repartir pour la deuxième partie de travail de la journée. J'ai l'impression d'avoir une vie à cent à l'heure depuis quelque temps. C'est épuisant. Pendant que je promène Viff, j'aperçois le bar au loin. Je me sens tellement triste de ce qui s'est passé l'autre soir. J'y ai réfléchi et j'ai décidé que si Barbara et Ralph veulent me voir, il faudra qu'ils viennent à la maison. Je ne me sens pas capable de remettre les pieds dans cet endroit où j'ai été humiliée. Je ne pourrai pas les regarder en face pendant qu'ils me jugent et me voient comme un rat d'égout.

En fin de journée, j'appellerai ma meilleure amie pour le lui suggérer. En attendant, je me presse un peu pour ne pas être en retard. Je dépose Viff à la maison, lui fais un câlin en lui disant que je reviens vite. Et je repars pour encore travailler. Il le faut bien, je n'ai pas le choix, alors je me fais une raison et me motive pour finir cette journée.

Le soir, je me sens de plus en plus fatiguée. Je me demande quand est-ce que cette fatigue constante va s'arrêter. Je m'endors de plus en plus tôt. Demain, nous serons vendredi, enfin le week-end à l'horizon. Je vais avoir la compagnie de Tracy. J'ai hâte de la voir. Un week-end juste pour nous. Je verrai bien ce qu'elle aura envie de faire. Ce sera un moment agréable, comparé à toutes ces allées-venues dans les cliniques. Ça me changera un peu, ce sera bon pour mon moral.

J'ai suivi le planning de mes rendez-vous scrupuleusement. Normalement, je n'ai rien oublié. Si cela avait été le cas, j'aurais déjà eu un appel du médecin concerné. J'angoisse un peu. Je trouve les sous-sols des hôpitaux effrayants. Ça me fait penser à une scène de film d'épouvante. Il faut que j'arrête de me faire des films. Je viens de me souvenir que je devais appeler Barbara pour lui parler de nos prochains moments ensemble. Je prends mon téléphone et l'appelle de ce pas.

— Salut Shelly !

— Salut Barbara !

— Comment tu vas Shel ? On ne s'est pas parlé depuis hier soir.

— Je me suis calmée. J'ai eu quelques rendez-vous médicaux, la journée est passée vite. Et voilà, je t'appelle pour nos prochains cafés ou chocolats. Je ne veux plus venir au bar le soir pour prendre un verre. Je n'y suis plus la bienvenue, je l'ai bien vu !

— Ne dis pas ça Shel, ils ont peur, c'est tout. Tu seras toujours la bienvenue à notre table.

— Essaie de t'en persuader si tu veux, mais je ne suis pas dupe ! Tout le monde me fuit sauf Ralph et toi. Vous devriez passer à la maison pour me voir Barbara ! Je ne viendrai plus le soir, c'est fini !

— Comme tu veux, mais ça te fait du bien de sortir de temps en temps !

— De toute façon, la chirurgie est lundi, je préfère passer mon temps avec Tracy, plutôt qu'au bar.

— Je comprends, on passera dimanche après-midi chez toi prendre un café, et comme ça on verra Tracy en même temps, ça fait longtemps qu'on ne l'a pas vue.

— Oui, ça lui fera plaisir de vous voir ! Bon allez, je vais me reposer un peu, à dimanche Barbara.

— Bonne nuit, à dimanche, Shelly.

Je me sens soulagée d'avoir eu cette discussion et pris cette décision de ne plus sortir le soir. Et puis, voir mes amis au calme à la maison, ce sera différent, plus calme en fin de compte. Je dois dormir un peu si je veux passer la journée de demain sans encombre à cause de la fatigue. Je ferme les yeux et m'endors assez rapidement.

Chapitre 9

Vendredi. Dernier jour de la semaine. Malgré tout, il y aura le ménage du bar ce week-end et le service au bar le samedi soir. Mais il y aura Tracy à la maison. Sans elle, je ne saurais pas à quoi me raccrocher. Je n'ai plus qu'elle, Barbara et Ralph. Un petit comité, restreint par la cupidité de certaines personnes qui n'ont aucune connaissance de ma maladie et qui ont des préjugés. Mais je me dis que si c'est ainsi que les choses devaient se passer, c'est que ce n'étaient pas de vrais amis. Même si ça fait mal, j'ai envie de dire " bon vent ! "

Je me motive, je fais mon travail au bar pendant les cinq heures convenues et, comme d'habitude, je prends ma douche et rentre vite pour manger un petit peu, ce qui veut bien passer étant donné mon manque d'appétit. Ensuite, je vais faire la sempiternelle promenade de mon compagnon à quatre pattes. Un petit câlin, et je repars pour finir la journée et essayer de me reposer avant l'arrivée de ma fille demain matin.

L'après-midi passe très vite , les personnes chez qui j'ai travaillé aujourd'hui m'ont raconté leur semaine de long en large. J'ai l'impression de connaître leur famille comme si c'était la mienne, tellement j'en ai entendu parler. Mais ce n'est pas grave, ça fait plaisir de les voir si heureux de partager tous ces bons moments avec moi. Ça me fait sourire et me met du baume au coeur de voir qu'à 80 ans ils ont toujours autant de vivacité et de bons moments en famille. J'ai réussi à faire mon travail correctement, même si cela m'a pris plus de temps que d'habitude. On se dit au revoir, et je rentre enfin chez moi.

J'essaie d'être de bonne humeur, mais je n'y arrive pas, je pense sans arrêt à cette intervention qui approche à grands pas. Je suis plutôt maussade. Cela ne m'empêche pas de jouer un peu avec Viff et de lui faire plein de câlins, il m'a manqué encore aujourd'hui. Nous sommes une équipe ; quand nous ne sommes pas ensemble, il y a quelque chose qui ne va pas. C'est l'amour qu'il y a entre un maître et son chien qui fait ça. C'est comme ça.

Après la promenade du soir, je me couche tôt et je m'endors vite. Une bonne nuit de sommeil, mais pas si réparatrice que ça, il me faudrait encore au moins deux heures de plus pour récupérer. Mais quand faut y aller, faut y aller. Le petit train-train quotidien, mais avec un plaisir à venir : ma fille. Ça me donne énormément de courage. Cinq petites heures, et nous serons ensemble pour le week-end. Nous aurons quelques petites choses à nous raconter. Nous irons sûrement en ville pour flâner et peut-être manger au restaurant. On verra bien.

Je m'essouffle beaucoup ce matin, comme si je venais de courir un marathon. Je fais une petite pause, bois un petit verre de jus de fruits et je me remets à la tâche. La matinée s'achève ainsi que le ménage. Je prends une douche et je pars vite à la maison. Je prépare un verre de soda pour chacune et quelques chips dans un bol. Je mets la radio en route, le volume pas trop fort, et j'attends ma fille avec impatience. Bizarrement, Viff est assis devant la porte, et il attend avec moi. C'est amusant de voir qu'il est aussi attaché à Tracy que moi.

Enfin, on toque à la porte. Je m'empresse d'ouvrir pour faire entrer ma fille. On se fait la bise et elle s'installe, sans que je lui demande. Elle est à l'aise à la maison. Ça me fait plaisir. On commence à parler un peu de tout.

— Comment ça va en ce moment ? Tout va bien ? Et les cours, ça va ?

— Ho tu sais, les cours ce n'est pas mon truc. Je préférerais travailler. Mais ce n'est pas pour tout de suite. Je continue d'aller au collège, même si je n'en ai pas envie, je n'ai pas bien le choix. Sinon, tout va bien. Et toi ? Comment tu vas ?

— Je suis angoissée, l'opération est lundi, ça passe vite. Je t'avoue que j'ai un peu peur. Mais c'est pour me guérir, alors je me fais une raison. J'ai vu le chirurgien, l'oncologue et l'anesthésiste. Tout est mis en place. J'ai aussi rendez-vous avec un radiologue juste avant l'intervention. C'est pour faire un repère, pour que le chirurgien voie l'endroit exact où il doit opérer.

— D'accord. Je comprends que tu sois angoissée, mais les médecins savent ce qu'ils font. Il n'y a aucune inquiétude à avoir.

Nous sommes interrompues par des pleurs de Viff. Sur le coup, je ne comprends pas ce qui lui arrive, et je me souviens que j'ai oublié sa sortie. Alors, avec Tracy, nous prenons sa laisse, et nous allons le promener toutes les deux. En plein milieu de la promenade, je panique d'un coup.

— Holala, mince ! Je n'ai pas pensé à Viff dans tout ça, qui va s'occuper de lui pendant mon opération ?

Ma fille me regarde, d'abord avec inquiétude, puis avec un sourire elle me dit :

— Eh bien, demande à mon père, il pourra peut-être le garder.

Sur le moment, je me demande si c'est une blague, mais non, elle est sérieuse. Je suis très nerveuse à l'idée que mon ex-mari garde mon chien en mon absence. Mais je n'ai pas d'autre choix, Barbara habite assez loin de Grenoble, j'ai besoin que mon chien soit gardé à proximité. Alors, avec désarroi, j'accepte que Tracy appelle son père pour lui demander. Ce n'est pas une bonne idée, mais c'est la seule qui s'offre à moi. À la fin de sa conversation avec son père, Tracy me dit qu'il est d'accord. Je suis partagée entre le soulagement et l'inquiétude.

— Tracy, est-ce que tu pourras veiller à ce que Viff ne manque de rien et qu'il soit sorti au minimum trois fois par jour ? C'est très important.

— Oui maman, ne t'inquiète pas, j'y veillerai. Ça va bien se passer. Fais ce que tu as à faire, c'est le plus important. Guéris de ce cancer, c'est tout ce que je veux. Ne pense à rien d'autre.

— Merci Tracy, vraiment. Prends bien soin de lui.

La promenade de Viff terminée, nous rentrons au studio. Nous nous demandons si nous louons des films et restons au calme devant la télé, ou si nous allons en ville pour flâner et manger une crêpe. Finalement, nous sortons nous aérer un peu, nous allons en ville. Nous prenons le tram, il n'y a jamais de place pour se garer à Grenoble et les parkings souterrains sont trop onéreux.

Nous faisons du lèche-vitrine d'une boutique à l'autre. Tracy n'a pas pu résister à l'envie d'acheter une robe mi-saison, courte et noire, ainsi qu'une veste blazer blanche. Elle aime que je sois là dans ces moments, pour lui dire si cela lui va bien ou pas. Ensuite, par gourmandise, nous allons à la crêperie. Tracy choisit une crêpe à la pâte à tartiner avec chantilly et moi une crêpe aux fraises avec chantilly. L'espace d'un instant, je ne pense plus à mes problèmes médicaux, je suis focalisée sur mon petit goûter, ces saveurs de printemps et d'enfance qui me font rêvasser.

Nous passons un très agréable moment. Nous n'avons pas vu le temps passer, quand on se sent bien, les heures défilent trop vite. Nous décidons de rentrer au studio à pied, le temps est ensoleillé et la température assez douce. Ce retour fut très bénéfique. Je me sens détendue et Tracy aussi, à en juger par son sourire.

Il est déjà 18h00 quand nous arrivons à la maison. Viff nous fait la fête, comme d'habitude. Je propose à Tracy de se reposer pendant que je vais sortir mon chien. Elle allume la télé et s'assoit sur le lit. Je prends mon temps pour la balade, j'en ai besoin. Je repense à mon intervention ; fini les fraises et la chantilly, retour à la réalité, aussi difficile qu'elle soit. J'ai essayé de me rassurer, mais je n'y arrive pas. Je suis terrifiée par cette opération. J'ai peur de ce qui pourrait se passer, entre la chirurgie, l'anesthésie ou pire, que le chirurgien n'arrive pas à retirer toute la tumeur et que je sois condamnée. Je finis même par me parler à moi-même.

" Allez Shelly, respire un bon coup, expire et recommence ! Arrête de broyer du noir, les médecins savent ce qu'ils font, reprends-toi ma vieille ! "

Et c'est ce que je fais. Je ne sais pas si ça marche, mais je le fais. Le tour du parc est terminé, je rebrousse chemin et rentre enfin. Je m'assois avec Tracy sur le lit et suggère de commander des pizzas et de louer un film pour passer la soirée. Nous louons " L'Étudiante " avec Sophie Marceau. Nous l'avons déjà vu plusieurs fois, mais on l'adore, alors on le regarde de nouveau.

Cette soirée paisible nous a tellement détendues que lorsqu'on éteint la télé et la lumière, on s'endort instantanément. Cette nuit, j'ai bien dormi. Pas assez, mais d'un bon sommeil réparateur. Je pars très tôt pendant que Tracy dort pour aller travailler. Il fait encore nuit à 5h00 du matin. Je me dis, vivement que les jours rallongent, que la belle saison commence vraiment. Et puis je commence l'éternel ménage du bar. Mais je m'y sens bien dans ce bar, vu que j'y travaille depuis sept ans. C'est comme si j'étais dans ma bulle, avec mes repères et mes habitudes. Je me dis que si je m'en sors et que je dois changer de travail un jour, j'aurai besoin d'un temps d'adaptation avec un changement si radical.

Cet endroit, je m'y sens comme chez moi. À force de rêvasser, j'ai bien avancé sans m'en rendre compte. Je ne croiserai peut-être pas mon patron, il ne vient pas tous les dimanches. Je termine mes tâches vers 12h00. Le temps de prendre du pain pour le repas et je rentre. Je sais qu'en fin d'après-midi, le moment sera venu pour Tracy de partir chez son père, alors il faut profiter de l'instant pendant qu'elle est encore à la maison.

Quand j'arrive au studio, elle me dit avoir déjà

sorti mon Viff et qu'on n'a plus qu'à manger. Je la remercie et commence à sortir ce qu'il reste dans le frigo : jambon, pâté, fromage, tomates et mozzarella. Un plateau télé comme Tracy les aime. Et moi aussi d'ailleurs.

Nous nous racontons des anecdotes de l'enfance de Tracy et de son frère Kévin. Cela nous amuse beaucoup, nous rions une grande partie du repas. Ça fait du bien de s'amuser un peu. Mais cela ne durera pas. Vous connaissez l'ascenseur émotionnel ? Eh bien, c'est ce que j'ai ressenti quand Tracy a dû partir chez son père et avec Viff, comme cela était prévu. Pour le coup, je ne riais plus du tout. Au contraire, les larmes ont coulé en grande quantité. Je n'arrivais pas à les arrêter. Ma fille et mon compagnon partaient tous les deux, me laissant seule, triste au possible. J'ai pris ma fille dans mes bras, je l'ai serrée fort et ensuite j'ai fait la même chose avec Viff, je lui ai fait un énorme câlin. Le pauvre, il ne comprend pas pourquoi je suis triste, il baisse les oreilles et émet un petit couinement de tristesse. Cela me fend le coeur de voir ça.

— Je t'appelle dès que je suis remontée dans ma chambre et réveillée, Tracy. Pour te dire si ça s'est bien passé.

— D'accord maman, mais en attendant, repose-toi et ne t'inquiète pas, ça va aller. À demain maman.

Et la porte se ferme, laissant le studio dans un

calme effrayant. Je me sens anéantie et tellement seule.

Chapitre 10

La fin de la journée me semble une éternité. Je me dis que quand je dormirai, le temps passera plus vite, mais je me suis trompée. Je ne trouve pas le sommeil. Je me retourne sans arrêt dans mon lit, et je vois chaque minute défiler sur le radio-réveil, comme un compte à rebours. À 6 h 00, je sors du lit. Je prends une douche avec de la bétadine, à la demande des infirmières, pour la chirurgie. L'odeur est très désagréable, mais c'est obligatoire.

Pas de petit-déjeuner ce matin, car c'est le jour de l'opération et je dois rester à jeun. C'est une chose très difficile pour moi, j'ai du mal à démarrer une journée sans un café et une tartine. Mais bon, il en est ainsi. J'enlève mes bijoux que je préfère laisser chez moi, bien rangés dans une boîte, et j'enfile une tenue confortable.

Je dois être à la clinique à 8 h 00. J'y arrive à 7 h 45. Je suis mal à l'aise, j'ai les mains moites, du mal à respirer et les jambes en coton. Mais, quand faut y aller, faut y aller. Je me présente à l'accueil en informant l'hôtesse que j'ai rendez-vous avec le docteur Belle pour une chirurgie. Elle m'oriente vers le premier étage et me dit de me présenter aux infirmières. Je monte, je me présente et on m'emmène dans ma chambre.

L'infirmière m'explique comment fonctionne le

code de l'armoire pour ranger mes affaires et elle me donne une tenue entière, tunique et pantalon, tous deux en papier ouate. Je suis tellement stressée que l'infirmière le remarque.

— Vous savez, Mme Cooper, je peux vous donner un comprimé pour vous détendre un peu, si vous le souhaitez. Cela permettra que la préparation au bloc soit plus facile.

— Ho, oui bien sûr, je veux bien, s'il vous plaît !

Alors, je me retrouve avec ce cachet ovale que je dois avaler avec très peu d'eau. Je le mets dans ma bouche et prends une petite gorgée d'eau pour le faire descendre. Pendant ce temps, l'infirmière note sur ma feuille de suivi l'administration d'un comprimé décontractant avec l'heure exacte.

Je me mets sous les couvertures en me disant que si je m'allonge, je me détendrai mieux. Mais je rêve éveillée ! Rien à faire, une demi-heure passe et pas la moindre trace de détente ou de fatigue. J'appelle l'infirmière, une collègue de la première et lui fais part de mon anxiété, que le comprimé ne fait pas effet. Elle me dit alors que cela arrive souvent et qu'il est possible d'administrer un deuxième comprimé pour aider à l'apaisement. Je prends donc ce deuxième comprimé. L'infirmière sort de la chambre et j'attends qu'on vienne me chercher pour l'intervention.

Ce qui devait être soporifique ne l'est finalement pas, je suis toujours aussi stressée, comme si le décontractant n'avait aucun effet sur moi. La première infirmière que j'ai vue revient me voir. Elle m'annonce un petit retard du docteur Belle, mais qu'il sera bientôt prêt. Elle voit à mon visage que je suis nerveuse, que le cachet ne m'a rien fait ou presque.

— Eh bien, vous êtes une coriace ! Je vois que vous êtes aussi stressée qu'à votre arrivée ! Ne vous inquiétez pas, c'est très courant ! Je vais vous donner un autre comprimé, ça devrait aller cette fois !

— Mais, une de vos collègues m'a donné un deuxième comprimé tout à l'heure en me disant la même chose que vous ! Ce n'est pas dangereux de prendre trois comprimés ?

— Allons, Mme Cooper, vous devez commencer à vous apaiser un peu, il n'y a eu aucune collègue qui vous a donné de cachet, il n'y a que celui que je vous ai donné qui est noté sur votre suivi ! Finalement, il commence à agir un peu le premier ! Bon allez, prenez ce cachet, ça ira mieux pour vous préparer au bloc si vous êtes détendue !

— Qu'est-ce qui peut arriver si on a pris trois comprimés ?

— Rien du tout, vu que vous n'en avez eu que deux ! Allez, reposez-vous, je reviens très vite !

Quand l'infirmière sort de ma chambre, je suis en panique. La deuxième infirmière n'a pas noté le comprimé qu'elle m'a donné. Cela fait trois en tout. Je ne sais pas ce qu'il va m'arriver avec cette quantité de calmant dans l'organisme en sachant qu'il va y avoir à la suite une anesthésie générale. Mais cette fois, je somnole, au bord du sommeil. L'infirmière vient me chercher et, avec le brancardier, m'emmène au bloc, où se trouve déjà le docteur Belle.

— Bonjour Mme Cooper ! À ce que je vois, vous êtes bien détendue ! Tant mieux, l'installation pour la chirurgie sera plus aisée ! Nous allons vous déplacer sur la table d'opération. Et nous allons vous préparer et mettre en place le cathéter pour le produit anesthésique. Allons-y !

— Bonjour, je suis l'anesthésiste. Je vais placer sur votre bouche et votre nez un masque, tout en respirant vous allez compter à rebours de 10 à 0. C'est parti !

Alors je me mets à compter à rebours, 10, 9, je sens tout mon corps se ramollir, 8, j'aimerais dire que je ne veux plus de l'anesthésie, que je ne suis pas prête, mais je me sens tomber dans le vide, et c'est le trou noir.

Je ne pourrai pas vous raconter l'intervention, étant donné que je dormais très profondément, je vais donc en venir directement à mon réveil. Je sais que l'opération a commencé à 9 h 30 et que le chirurgien m'avait dit qu'elle devait durer environ une heure.

J'entends des bruits et des conversations, mais lointains. Je me sens lourde et très molle. Je n'arrive pas à respirer à fond, comme si mes poumons étaient écrasés par un poids assez lourd. Alors, je recommence, j'inspire un peu plus fort et expire. J'entends une voix qui se rapproche de moi. Une infirmière m'annonce que je suis en salle de réveil.

— Je vais vous injecter un produit qui va vous aider à finir de vous réveiller et je vais enlever la sonde d'intubation.

Je ressentais une douleur et une gêne dans la gorge, maintenant je comprends mieux. Je sens ce tube glisser vers le haut de ma gorge pour en sortir. Je tousse et inspire, je peux enfin respirer correctement, enfin presque. J'insiste jusqu'à retrouver une respiration normale. Mais je me sens nauséeuse et pas bien du tout.

J'avertis l'infirmière qui m'amène un bassin. J'ai à peine le temps de me pencher dessus que je me mets aussitôt à vomir. Je ne me sens pas mieux pour autant. Le temps que son produit agisse, il se passe au moins 30 minutes. Quand je me sens un peu plus réveillée, j'essaie de relever la tête, mais je renonce, c'est trop tôt.

— Vous nous avez fait très peur, Mme Cooper ! Il est 15 h 00 ! L'intervention a été plus longue que prévu. 5 h 00 en tout y compris le réveil.

— Comment ça, je vous ai fait très peur ? Je n'ai pas bougé.

Elle me regarde avec un air de dire, mince j'ai fait une gaffe. Je m'inquiète et lui demande de quoi elle parle. Mais elle fait mine d'être pressée, prétextant une urgence.

— Le docteur Belle passera vous voir, il vous expliquera comment s'est déroulée l'intervention. En attendant, vu que vous êtes réveillée et que vous allez bien, le brancardier va vous ramener dans votre chambre. Bon repos, Mme Cooper !

Cela ne me dit rien qui vaille. Je suis inquiète et impatiente de voir le docteur pour qu'il m'en dise plus. Est-ce que la tumeur n'a pas pu être enlevée ou pas complètement ? J'ai tellement de questions en tête. Le brancardier m'interrompt dans mes pensées pour me faire déplacer du lit de la salle de réveil au brancard qui m'emmènera à ma chambre. Le trajet du retour m'a paru plus rapide que l'aller. Nous arrivons dans ma chambre et je recommence le même exercice, c'est-à-dire me déplacer vers mon lit. Enfin au calme, loin du bloc.

Quand je me rallonge, je somnole. Évidemment, il reste encore des traces d'anesthésie, je vais sûrement dormir beaucoup aujourd'hui. Quand je me réveille, il fait presque nuit. Je me demande ce que fait le docteur, pourquoi il n'est pas encore venu me voir. Mais c'est une clinique ici, il doit avoir beaucoup de patients à voir, je ne suis pas la seule. L'horloge de la télé annonce 18 h 00. Le docteur Belle entre dans la chambre à cet instant précis.

— Mme Cooper, comment vous sentez-vous ?

— Pas très bien, j'avoue. Ce n'est pas ma première anesthésie générale, mais c'est la première fois que je me sens aussi mal. Mon corps me semble lourd, j'ai la nausée et malheureusement beaucoup de vomissements. Qu'est-ce qui m'arrive et que s'est-il passé ?

Le médecin se râcle la gorge et croise ses mains devant sa bouche en prenant une grande inspiration, comme pour se donner du courage.

— Mme Cooper, pendant l'intervention, il y a eu des complications. Ceci est inexplicable, mais malgré une anesthésie bien contrôlée, vous avez cessé de respirer pendant trois minutes. Nous avons cru que nous allions vous perdre. Votre coeur s'est arrêté de battre, vous étiez sans vie pendant ce long moment. Je n'arrive pas à me l'expliquer.

— Quoi ! Mais comment cela a-t-il pu arriver ? Est-ce que le produit pour endormir était trop dosé ? Ou est-ce qu'un mélange de produits peut faire ce genre de réaction ?

— Non, le produit était très bien dosé. Votre coeur a ralenti petit à petit, lentement.

— Vous voulez dire comme quand on prend un comprimé pour dormir qui agit sur une amplitude indéfinie ? Un endormissement sur quelques heures mais avec un arrêt du coeur ?

—C'est à peu près ça, oui.

Et là, je me sens tout à fait réveillée. Les mots résonnent dans ma tête :

JE SUIS MORTE PENDANT 3 MINUTES !!!

Je n'arrive pas à expliquer ce que je ressens en ce moment. De la colère, ça oui, mais surtout je me dis que j'avais peur du cancer, peur de mourir à cause d'une tumeur. Mais j'ai failli mourir pendant une opération chirurgicale. Et puis d'un coup, les événements me reviennent. Les infirmières et la ronde des comprimés pour dormir. Ma rage l'emporte et je hurle sur le docteur.

— C'est la faute des infirmières, elles ne se sont pas concertées par rapport aux cachets administré ! La deuxième infirmière que j'ai vue m'a donné un deuxième comprimé parce que je n'arrivais pas à me détendre, mais elle ne l'a pas noté sur ma feuille de suivi, alors quand la première est revenue me voir, elle m'a donné ce qu'elle pensait être le deuxième cachet alors qu'il s'agissait en fait du troisième ! Personne ne m'a cru pour cette histoire de décontractant ! Et j'ai failli mourir à cause de cette erreur ! Non, je rectifie, j'étais morte à cause de cette erreur !

— Mme Cooper, je ne vois pas de quoi vous parlez. Je n'ai eu aucun retour de ces événements. Et je ne pense pas qu'une erreur aussi grave ait pu être commise. Le personnel a été formé pour être le plus professionnel possible. Noter tout ce qui se passe dans la chambre d'un patient fait partie intégrante des responsabilités des infirmières. Les soins apportés, les mesures prises telles que la température, la tension, le pouls, etc. Je suis formel, le personnel rapporte tout ce qui vous concerne.

J'ai envie d'exploser, de tout balancer à travers la pièce, tellement je suis énervée et terrifiée. Je viens d'apprendre que j'ai perdu la vie pendant un instant pendant qu'on me retirait une tumeur qui aurait pu me tuer. Est-ce qu'on se sent toujours une personne normale après ça ? Je ne sais pas, mais je n'en ai pas l'impression.

— Vous vous moquez de moi ? Vous croyez que j'ai eu des hallucinations ? Et si vous demandiez à vos infirmières ce qu'elles en pensent ! En espérant qu'elles se souviennent de cette matinée et de ce qu'elles m'ont donné !

— Très bien ! Je vais me concerter avec le personnel du matin et essayer de comprendre ce qui a pu se passer ! En attendant, je vais vous expliquer comment s'est passée la chirurgie en elle-même. Nous avons réussi à retirer complètement la tumeur. Nous avons élargi les marges pour qu'elles soient saines. Nous avons envoyé la tumeur à l'ANAPATH pour analyse. La cicatrice se trouve sous le sein, comme ça elle ne se voit pas. Vous allez rester en observation pendant quatre jours à la clinique...

Je ne lui laisse pas le temps de continuer.

— Pardon ! Vous m'aviez dit que je rentrerais le soir même chez moi ! Pourquoi changez-vous d'avis comme ça ?

— Je comprends votre colère, mais il le faut. Ce qui vous est arrivé est très grave. Nous devons surveiller votre coeur et votre activité cérébrale étant donné qu'ils n'ont plus été oxygénés pendant trois minutes. Si dans quatre jours tout va bien, vous pourrez rentrer chez vous. Et puis, au niveau du sein, nous devons surveiller la cicatrice, si vous aviez une lymphocèle, je pourrais agir tout de suite.

Je suis très confiant, je suis sûr que vous pourrez rentrer chez vous rapidement. En attendant, reposez-vous, une aide-soignante va vous apporter une petite collation. Ne vous forcez pas si cela ne passe pas, allez-y doucement pour remettre votre estomac en marche. À plus tard, Mme Cooper.

Je ne lui réponds pas, je suis bien trop en colère. Je me rallonge sur l'oreiller et j'essaie de me détendre. Il faut que le stress descende, je dois appeler Tracy pour lui donner de mes nouvelles. Je pense que je lui dirai la partie positive, pour le reste, j'attendrai un peu d'être sortie et d'aller mieux. Elle a assez d'inquiétudes comme ça.

Chapitre 11

Ça toque à la porte, c'est l'aide-soignant qui m'apporte un petit repas léger. Je suis ravie de pouvoir manger et anxieuse de savoir si ça va passer. Ce n'est pas un festin de roi, mais c'est amplement suffisant quand on remonte d'un bloc. Il y a un bol de soupe, classique, aux légumes et sans sel. Une tranche de jambon, un yaourt nature et une compote. Je mange très doucement pour ne pas brusquer mon système digestif. Il me faut 45 minutes pour avaler le peu qu'il y a sur ce plateau. Pour le moment, rien ne remonte. Tout va bien, pourtant j'ai toujours un peu la nausée.

Le temps passe, une heure environ, et je n'ai pas renvoyé mon repas. Une petite victoire vers le mieux. J'ai l'impression que ces quatre jours vont me paraître une éternité. Il va falloir que je prenne mon mal en patience. Je n'ai pas le choix apparemment.

C'est vrai que cette petite collation m'a fait du bien, je me sens mieux. J'en profite pour prendre mon téléphone et appeler Tracy.

— Allô ?

— Coucou ma fille, ça y est, je suis réveillée.

— Maman ! Qu'est-ce que je suis contente de

t'entendre. Alors, comment tu vas ? Ça s'est bien passé ?

— Eh bien oui, j'ai vu le chirurgien qui m'a expliqué toute l'intervention. Il m'a dit qu'ils ont réussi à tout enlever de la tumeur, qu'ils ont découpé assez large pour laisser des marges saines. J'ai été un peu malade à mon réveil, mais ça c'est normal, c'est à cause du produit pour l'anesthésie.

— Ah, c'est une bonne nouvelle ! Et qu'est-ce qu'il t'a dit pour la suite ? Il va faire un contrôle ?

— Oui, dans ce genre de cas, quand il y a une chirurgie, il y a un contrôle entre deux et trois semaines après l'opération. Pour voir si ça cicatrise bien, s'il n'y a pas de signe d'infection et pour voir mon état général.

— Tant mieux ! Et pour la radiothérapie, ce serait pour quand ?

— D'ici un mois et demi environ, quand l'incision sera complètement cicatrisée.

— Bien ! Tu sors quand ?

— Eh bien, je devais sortir ce soir, mais le médecin veut prendre ses précautions et me garder en observation pendant quatre jours. Nous sommes lundi, je devrais sortir jeudi.

— Ah mince, tu dois être déçue. Tu as prévenu ton

patron ?

— Non, pas encore, je ne sais pas comment il va faire. Je suis très embêtée de le laisser comme ça.

— Tu sais, normalement tu devrais être en arrêt de travail. Tu ne dois pas reprendre le travail tout de suite. Tu devrais rester au repos pendant minimum quinze jours !

— Oui, je sais bien, mais comme tu le sais, je n'ai pas encore de contrat, donc si je ne travaille pas, je ne serai pas payée. Je n'ai pas le choix. Même si ça va être très difficile, je serai obligée de reprendre vendredi.

— Ce n'est pas normal que tu sois obligée de faire ça. Mais si tu n'as pas le choix, fais ce que tu dois faire !

— Oui, je vais appeler Stéphane cet après-midi. Est-ce que tu penses passer me voir demain ?

— Oui bien sûr, j'y pensais justement !

— Est-ce que tu pourrais m'apporter quelques affaires, des vêtements de rechange, des produits de toilette et mon PC portable s'il te plaît ?

— Oui, pas de problème, je passerai au studio avant de venir.

— Merci, c'est gentil. Je vais me reposer un peu, passe une bonne journée, à demain !

— D'accord, repose-toi bien, bonne journée maman !

Ça m'a fait du bien d'appeler ma fille pour lui donner de mes nouvelles, mais je me sens honteuse de lui avoir caché la vérité sur l'intervention. De ne pas lui avoir dit que j'ai été morte pendant l'opération durant trois minutes. Cela paraît peu, trois minutes, mais mon coeur a quand même cessé de battre. Je ne sais pas si j'arriverai à lui dire un jour. Je sais que je dois appeler ma famille et Barbara, mais je me sens tellement fatiguée. Je pense que c'est normal, entre la chirurgie et ce qui m'est arrivé, ce n'est pas étonnant. Je prends une position confortable et m'endors presque aussitôt.

Quand je sors du sommeil, j'ai du mal à émerger. J'ai perdu la notion du temps, je regarde mon téléphone, il est 18h00. C'est passé vraiment vite. On toque à la porte. C'est une aide-soignante qui m'apporte un repas. C'est avec plaisir que je l'accueille avec un plateau un peu plus garni que celui de ma collation. Je vais reprendre un peu de forces, je me sens fatiguée. J'en ai l'eau à la bouche.

Les aliments n'y sont pas abondants, mais il y a ce qu'il faut. Un petit bol de soupe de légumes, du poisson avec du riz et des carottes, un morceau de pain, du fromage et une crème à la vanille. Cela paraît un peu bête, mais je m'en contente comme d'un festin. Pendant ce petit instant, j'oublierais presque où je suis et pourquoi. Il n'y a pas de petits plaisirs.

Malgré tout, ces prochains jours vont me sembler très longs. Je m'occupe en regardant la télé ou en parcourant les réseaux sociaux sur mon portable. J'aurais aimé avoir un livre, mais j'ai oublié de demander à Tracy de m'en apporter un. Ce n'est pas grave, je ferai sans. J'ai tout de même régulièrement la visite d'une infirmière, qui veut s'assurer que tout va bien avant la nuit. Comme j'ai encore quelques vertiges, je profite de la présence de celle-ci pour aller aux toilettes en toute sécurité, au cas où.

Hélas, ma voisine de chambre n'est pas très bavarde. Elle a elle aussi été opérée d'une tumeur au sein. Mais, elle est hautaine, irascible et antipathique. Ce n'est pas le genre de cocktail que j'apprécie comme compagnie. J'ai pourtant essayé d'entrer en contact avec elle, gentiment et poliment, mais rien n'y fait. Elle m'ignore. C'est comme ça, je suis mal tombée. Mon séjour va être long, très long.

J'ai essayé de regarder un film, mais la fatigue de cette journée a pris le dessus. Alors j'ai éteint et je me suis vite endormie. Au moins, déjà une journée de passée, plus que trois. J'espère que ça va passer vite, vraiment. Je vais déprimer entre ces murs. Maintenant que le plus dur est passé, j'ai envie d'être chez moi, et puis Viff me manque.

En tout cas, les nuits sont courtes ici, 6h00 du matin et ça toque déjà à la porte. L'aide-soignante qui vient prendre les constantes, température, tension, etc. Une fois cette besogne terminée, pas le temps de somnoler, qu'elle revient déjà pour me donner des antidouleurs que je prendrai avec mon petit déjeuner. Pas étonnant qu'on s'endorme sans arrêt en pleine journée, étant donné qu'on ne nous laisse pas nous reposer. Mais je referme les yeux dès qu'elle quitte ma chambre.

Je pense que je vais avoir un petit moment de répit avant que le petit déjeuner arrive. J'aimerais ne pas paraître trop fatiguée quand Tracy viendra me voir. Et comme elle va m'apporter mes affaires de toilette, j'en profiterai pour me rafraîchir un peu et si on peut dire me faire une beauté. Mais là, il ne faut pas rêver, je suis à l'hôpital, pas à une soirée mondaine.

7h30, le petit déjeuner arrive à point nommé. J'avoue que j'ai un peu faim. Cela change des derniers mois où je me forçais à manger pour tenir debout. La dame qui prépare mon plateau me donne le choix pour la boisson chaude et si je veux manger quelque chose. Donc je lui demande un café au lait (ma boisson de prédilection du matin) et des tartines beurre-confiture, à la française en somme.

C'est un pur bonheur de retrouver ces odeurs et saveurs qui me font saliver. J'aimerais tout engloutir en une minute, par faim et par gourmandise, mais je me contiens et fais durer le plaisir en prenant mon temps. Quand le personnel débarrasse le plateau, il ne reste plus rien, à part des miettes. Je me sens tellement mieux, je me sens vivante !

Comme pour tous les séjours hospitaliers, il y a cet emploi du temps réglé comme du papier à musique. Les constantes, la distribution des médicaments, le petit déjeuner et évidemment vient le moment de la toilette. Pour les premières ablutions qui suivent une opération, on ne peut pas se lever seule. Donc, je me retrouve dans une douche, nue comme un ver, accompagnée d'une infirmière qui surveille que tout se passe bien et que je ne vais pas m'évanouir ou être sûre que ma cicatrice ne va pas saigner. Je suis très gênée, comme un insecte sous un microscope. Mais je n'ai pas le choix, alors je commence ma douche, en essayant de faire vite pour cesser d'être sous ce regard insistant et perturbant.

Je sors de la douche, me sèche, me brosse les dents et je me démêle les cheveux. Une fois ce rituel terminé, j'enfile un pyjama et je fonce vers mon lit, soulagée d'avoir quelque chose sur le dos. À la suite de tout ça, je sais que le chirurgien va me rendre visite. Pour faire le point sur mon état général et sur les suites de l'intervention. Je lui en veux toujours de ne pas m'avoir écoutée pour les comprimés. J'attends de lui qu'il fasse ce qui est juste, c'est-à-dire confronter les infirmières qui ont surdosé les décontractants sans se concerter, ni noté sur ma feuille de soins journaliers ce qui m'a été administré.

Je me détends un peu en allant sur les réseaux sociaux sur mon téléphone. Je poste une publication pour informer mon entourage et mes amis que tout s'est bien passé. Que je vais rester quelques jours à la clinique, alors qu'ils n'hésitent pas à échanger quelques messages avec moi. Je me sentirai un peu moins seule si je maintiens une vie sociale. J'en profite pour envoyer un texto à Tracy pour savoir si elle passe toujours me voir cet après-midi, et aussi si ça se passe bien avec Viff. La réponse arrive très vite :

— Bonjour maman, oui je vais passer un petit moment cet après-midi. Je te déposerai tes affaires. Tout se passe bien pour Viff, mais on voit bien que tu lui manques, il s'assoit devant la porte d'entrée et il attend en couinant de tristesse. Ça fait de la peine mais nous n'avons pas le choix. À tout à l'heure !

Déjà que mon compagnon à quatre pattes me manque, mais maintenant je me sens vraiment mal de l'avoir laissé. Mais comme dit Tracy, je n'ai pas le choix. J'ai hâte de sortir d'ici et retrouver mon chien tellement il me manque. C'est le seul être à vivre à mes côtés non-stop, une constante. Nous sommes fusionnels tous les deux, c'est difficile de se retrouver l'un sans l'autre. C'est mon meilleur ami, mon confident. Bon, allez, il faut me ressaisir, ça va passer vite, je vais vite te revoir.

En fin de matinée, vers 11h00, le Dr Belle entre dans ma chambre.

— Bonjour Shelly !

— Bonjour ! je réponds froidement sans le regarder.

— Alors, comment vous sentez-vous aujourd'hui ?

— Mieux que pendant l'intervention à priori !

— Shelly, ce qui s'est passé au bloc était imprévisible. Même si cela arrive rarement, ça arrive de temps en temps. Nous avons réussi à gérer ce problème. Je n'ai aucune explication pour cette détresse respiratoire qui est survenue, vraiment. Peut-être qu'avec deux comprimés de Lexomil c'était trop pour votre organisme, chaque personne a une réaction différente avec les comprimés.

Si on ajoute à cela l'injection du produit anesthésique, un choc cardiaque est survenu, qui s'est aggravé à cause de la faiblesse causée par le mélange. J'ai parlé aux infirmières, qui m'ont affirmé que vous n'avez eu que deux comprimés. Peut-être commenciez-vous à vous endormir quand vous avez vu la deuxième infirmière et que vous avez cru avoir déjà reçu deux calmants.

— Non, je n'ai pas halluciné, non ! Mais croyez ce que vous voulez ! Je me sens bien, j'attends juste de sortir d'ici ! Et vous savez quoi ? S'il y avait un souci quelconque avec ma cicatrice, j'irais voir quelqu'un d'autre, vous n'êtes pas prêt de m'approcher !

— D'accord Shelly, je pense qu'on va vous laisser vous reposer. Une infirmière changera votre pansement tous les matins et surveillera l'évolution de la cicatrisation. D'ici jeudi matin, si tout va bien à ce niveau-là, que vous n'avez pas de fièvre et que votre tension est bonne, vous pourrez rentrer chez vous. En attendant, détendez-vous et reposez-vous. Je vous laisse tranquille, on discutera de la suite demain ou mercredi, quand bon vous semblera.

— Bien ! Bonne journée !

Chapitre 12

Je n'arrive pas à me détendre face à lui, face à cet homme qui m'a fait perdre la vie. Je verrai avec le temps, peut-être que je vais me calmer. Je ne dis pas que je vais lui pardonner, mais au moins l'écouter pour les soins qui vont suivre ma sortie. En tout cas, une chose est sûre, je vais changer de gynéco. Je soupire pour évacuer ma colère et pose ma tête sur mon oreiller à la recherche d'un bien-être pour décompresser. Les tensions commencent à se dissiper un peu. C'est bon signe.

Comme pour intensifier mon bien-être, l'aide-soignante fait son apparition avec mon plateau-repas. Il est déjà 11h30. (Mais les horaires de repas me feraient presque penser que je suis à l'EPHAD.) Cela fait tomber définitivement ma colère. Je la remercie en souriant et commence à manger tranquillement en regardant la télé.

Le temps passe un peu plus vite avec la télé. J'ai bon appétit, c'est une bonne chose, pourvu que cela dure. Je reprends des forces, c'est bien, j'ai un peu plus de chances de rentrer chez moi si je suis en forme. Quand le personnel débarrasse mon plateau, il n'y a plus rien. J'ai dévoré mon repas. Étant satisfaite, je me repose un petit moment.

J'ai dormi à peine une heure, mais j'ai l'impression d'avoir dormi des heures. Quand on frappe à la porte, je suis à moitié endormie, j'ai du mal à émerger. Mais vu que j'ai de la visite, je me force à bien me réveiller. Vous n'imaginez pas ma surprise quand je vois que plusieurs personnes sont venues avec Tracy me rendre visite. Il y a donc Tracy, Barbara, Ralph, Stéphane, Laurence et Tony, un habitué du bar qui est bien sympa. J'ai l'impression que je vais pleurer de joie, tellement je suis heureuse de les voir.

— Bonjour maman !

— Bonjour Tracy !

— Bonjour tout le monde ! Mais qu'est-ce que vous faites là ? Il ne fallait pas vous déranger !

— Tu rigoles, tu es là, coincée entre quatre murs, et tu pensais qu'on ne viendrait pas te voir. Eh bien si, nous voilà, me dit Barbara.

— Ça me fait vraiment plaisir que vous soyez tous venus ! Vraiment, ça me fait chaud au coeur !

Comme prévu, Tracy m'a apporté des vêtements, mes produits de toilette et mon ordi portable. Ça me rassure d'avoir mes affaires. Et surtout, avec mon ordi, je vais pouvoir regarder les séries que j'aime. Stéphane et Laurence m'ont apporté un grand pot de un kilo de chocolats Celebrations. J'ai de quoi reprendre un peu de poids avec tout ça. Surtout que, même si ce n'est pas bien, je raffole du chocolat.

Tony, fidèle à lui-même, c'est-à-dire timide, est resté dans son coin à sourire et profiter du moment. Ralph reste en retrait, tout en écoutant les explications que je leur donne sur mon état et que je vais sortir jeudi. Ce n'est pas qu'il ne m'apprécie pas, c'est juste qu'il laisse Barbara profiter de me voir. Tout le monde est heureux de savoir que tout s'est bien passé et qu'avec le traitement qui suivra, tout rentrera dans l'ordre. Bien entendu, je n'ai parlé à personne de mon passage dans le couloir de la mort. Je ne veux pas qu'ils le sachent. En tout cas, pas maintenant.

Nous passons un très bon moment, je ne veux pas le gâcher. Nous parlons des journées de chacun, de ce qu'ils font en ce moment. Nous blaguons un peu aussi, ça détend un peu plus l'atmosphère. Le temps passe si vite quand on est bien entouré, que l'heure est venue pour mes visiteurs de partir. Ça me rend triste, mais c'est comme ça. C'était déjà très gentil qu'ils viennent me voir, ce n'était pas prévu, enfin de mon côté, mais ça m'a fait du bien. Et puis, j'aurai du chocolat pour me consoler. (rires)

Le temps va redevenir long à passer. Mais il ne reste que la journée de demain à m'ennuyer, jeudi en fin de matinée, je sortirai pour rentrer chez moi. Maintenant que j'ai mon ordi, je vais regarder mes séries, ça va passer très vite. Je veux rentrer chez moi. Je veux que ça passe vite et que j'y sois déjà.

Je mets mes écouteurs pour ne pas déranger ma chère voisine de chambre. Je ne voudrais pas réveiller sa majesté l'antipathique. Je choisis de regarder Grey's Anatomy. J'adore cette série et je ne verrai pas le temps passer. Le souci qui se présente à moi, c'est qu'il y a encore des restes d'anesthésie et que je m'endors encore facilement. Du coup, je rate la moitié des épisodes à chaque fois. C'est que j'ai sûrement encore besoin de repos. Ce n'est pas plus mal, comme ça je serai bien reposée en sortant. Il y a donc des épisodes que j'ai regardés en deux fois pour les voir en entier. La journée s'est écoulée très vite du coup. Il est déjà 18h00 et je ne m'en étais pas rendu compte.

Encore un plateau qui arrive à point nommé. C'est tout de même incroyable à quel point la nourriture est redevenue importante depuis qu'on m'a retiré cette tumeur qui me coupait l'appétit. Et c'est tant mieux. J'aime manger. Je suis une très grande gourmande, et c'était frustrant de n'avoir envie de rien pendant tout ce temps. Maintenant je me rattrape. Comme disait ma mère, il vaut mieux m'avoir en photo qu'à table. Ça, c'est sûr.

Je termine la soirée en surfant sur les réseaux sociaux et en regardant un épisode de Grey's Anatomy. Le sommeil arrive très vite. J'éteins tout et m'endors quasiment immédiatement. Je passe une bonne nuit. Je ne suis pas réveillée par la douleur ou par un cauchemar. Quand je me réveille à 6h30, je suis bien reposée et de bonne humeur. C'est ma dernière journée complète dans cette clinique. Enfin ! Je vais m'occuper le plus possible pour ne pas y penser. Pour le moment, je vais suivre ce planning quotidien, comme un robot avec son programme précis.

Chapitre 13

Ce matin, j'ai le plaisir de prendre ma douche toute seule, sans être gênée par un regard pesant. Je me sens fraîche et autonome. Lorsque je m'assois sur mon lit, je n'éprouve aucun besoin de m'allonger. C'est un très bon signe. J'attends le chirurgien de pied ferme. Je vais bien écouter les consignes de sortie, sans perdre de temps avec mes lamentations, ainsi je le verrai moins longtemps.

Le moment tant attendu arrive. Le Dr Belle fait son entrée.

— Bonjour Shelly !

— Bonjour Docteur !

— Nous y voici, dernière journée avec nous. J'ai vu tous vos résultats. Ils sont très bons, que ce soit vos constantes ou votre cicatrice, tout va bien ! Vous allez pouvoir rentrer chez vous dès demain matin. Je passerai signer votre autorisation de sortie, et voilà, retour chez vous.

Il y aura tout de même quelques petites choses à faire et à respecter pour une bonne convalescence. Tout d'abord, il vous faudra être en arrêt de travail complet pendant deux semaines. La secrétaire va préparer les documents. Ensuite, vous devrez trouver une infirmière à domicile pour vous faire une injection d'anticoagulant, pour éviter une phlébite. Je vous conseille un repos total durant votre convalescence. C'est très important pour éviter de grosses complications. Si tous ces points sont respectés, vous serez tranquille. Et comme d'habitude, si vous avez le moindre problème ou des questions, n'hésitez pas, je serai là pour vous.

Je me mords les lèvres pour ne pas lui répondre qu'il aurait pu déjà être là pour moi au moment de l'administration du Lexomil, mais ce serait une perte de temps, alors je m'abstiens.

— D'accord Dr Belle, je vais suivre ces conseils correctement. Nous nous revoyons pour un contrôle, n'est-ce pas ?

— Tout à fait, dans deux semaines. Nous ferons le point sur votre cicatrice et sur votre état de santé général. Si tout va bien, nous nous reverrons après votre traitement de radiothérapie.

— Bien, alors à demain matin pour ma sortie !

Je suis soulagée de le voir sortir et que cette conversation soit terminée. Je n'arrive pas à lui pardonner. Il met en doute ma parole, alors que je sais très bien ce qu'il s'est passé. J'étais tellement stressée par l'opération que je n'arrivais même pas à somnoler. Donc, je suis sûre de ne pas avoir eu d'hallucinations.

Il faut que j'arrête d'y penser, ça ne sert à rien de retourner ce problème dans tous les sens. Je retourne à ma série, dans ma bulle. De cette manière, je serai vite à demain matin, sans m'en rendre compte, heureuse de rentrer chez moi.

J'aimerais que le temps accélère, que toutes ces heures soient déjà écoulées. Mais il est vrai qu'en regardant des séries, je perds la notion du temps. Le repas du midi arrive déjà, il doit donc être 11h30. J'avale mon repas tranquillement, pour bien en profiter. Même si ce n'est pas de la grande gastronomie, je m'en contente largement. Quand j'ai terminé, une aide-soignante retire mon plateau, sans même un regard ni une petite parole. J'imagine que ce métier ne laisse pas de temps pour ça, ou qu'elle est fatiguée et ne pense pas à la sociabilité avec les patients. Ça ne doit pas être rose tous les jours, je les plains, les pauvres.

Cela fait un moment que je n'ai pas quitté ce lit, sauf pour ma toilette ou les besoins naturels. Je cherche le bouton d'appel en cas de problème, je le trouve facilement et appuie sur le bouton rouge pour appeler une infirmière. L'une d'entre elles arrive rapidement et m'interroge.

— Madame Cooper, quelque chose ne va pas ?

— Ho tout va bien, mais j'ai une question. Est-il possible que j'aille marcher un peu ? J'ai l'impression de prendre racine dans ce lit.

— Eh bien, au vu de la consultation de ce matin, vous n'avez plus de vertiges, pas de saignements au niveau de la cicatrice, oui bien sûr. Il n'y a aucune contre-indication. Au contraire, cela vous fera le plus grand bien. Mais prévenez-moi quand vous revenez à votre chambre.

— Merci beaucoup, vraiment. J'en ai bien besoin. Je vais descendre à la cafétéria. À tout à l'heure !

J'ai l'impression d'être une enfant à l'heure de la récré. J'enfile un gilet et mes chaussons, je prends mon téléphone, et me voici à la conquête des couloirs de la clinique. J'observe tout ce qui se trouve sur mon passage, comme si je découvrais le monde pour la première fois. Les chariots médicaux, laissés au milieu du couloir, pour y avoir accès rapidement à la moindre urgence. Les porte-plateaux, prêts à être redescendus en cuisine pour la préparation des prochains repas. Le bureau des infirmières, flanqué de multiples tableaux de tâches et écrans de surveillance des patients. Et enfin, l'ascenseur qui me mènera à cet endroit qui me fera me sentir libre et à mille lieues d'ici. Pourtant, juste au rez-de-chaussée de ce bâtiment qui m'emprisonne.

Je suis impatiente de me délecter d'un bon cappuccino avec une petite pâtisserie, comme un muffin par exemple. J'entre dans l'ascenseur et appuie sur l'étage désiré, zéro.

C'est très rapide, comme s'il n'avait pas bougé, alors que je suis bien arrivée au rez-de-chaussée. Je cherche une indication pour savoir quelle direction prendre, mais j'aperçois l'entrée de la cafétéria. Je hâte le pas, en faisant attention de ne pas glisser, ce serait dommage de prolonger mon séjour pour une jambe cassée. Et enfin, je me place derrière la file d'attente. Juste l'odeur du café suffit à mon bonheur. Mon tour arrive, et après les politesses de rigueur, je commande mon cappuccino et un muffin aux myrtilles (mon préféré). Je prends mon plateau et me dirige vers une petite table basse accompagnée d'un fauteuil cabriolet qui n'attend que moi. Je m'installe et lâche un long soupir d'apaisement. Pour le plaisir de partager ce moment, je prends une photo de ma composition gourmande et la poste sur les réseaux sociaux avec une légende qui dit "Je me sens libre".

Je commence par une gorgée de cappuccino. Lorsque le liquide remplit ma bouche, c'est une explosion divine de saveurs. Rien à voir avec le café au lait du matin de la clinique. Et dans cette cafétéria, je m'imagine dans un café tranquille, en ville, comme dans un quotidien normal. Je passe maintenant au muffin et j'en croque une belle bouchée. Une gourmandise bien méritée. Je savoure cette petite collation en prenant tout mon temps. J'en profite pour échanger quelques textos avec Tracy et Barbara. Des petits coucous pour dire que tout va bien. Je me sens vraiment bien, tellement que je n'ai pas envie de remonter dans ma chambre. Alors je fais durer le plaisir en restant un peu et j'appelle mon père pour lui donner de mes nouvelles.

— Allô ?

— Bonjour papa !

— Shelly ! Comment tu vas ? Tout s'est bien passé ?

— Oui, tout va bien, ils ont enlevé toute la tumeur et coupé autour pour laisser des marges saines. Mais ce n'est pas terminé pour autant, je vais faire de la radiothérapie, pour éviter une récidive.

— D'accord, et après, tu seras tranquille ? Plus de cancer ?

— Normalement oui, je l'espère en tout cas. Avec les médecines avancées que nous avons aujourd'hui, je suis très confiante !

— Bonne nouvelle. Je suis soulagé. Es-tu en forme, pas trop fatiguée ?

— Je vais bien, un peu fatiguée, mais comme j'ai retrouvé l'appétit, je vais vite me remettre sur pieds.

— Parfait ! Tu sors quand ?

— Demain matin, j'ai hâte ! Bon allez, je vais retourner dans ma chambre. Passe une bonne journée. À bientôt.

— Repose-toi bien, à bientôt.

Quand je raccroche, je vois que j'ai reçu un texto de ma fille.

— Où tu es ? Je suis dans ta chambre.

Je lui réponds rapidement.

— J'étais à la cafète, j'arrive.

Je prends le chemin inverse de l'allée, je reprends l'ascenseur et en arrivant à mon service, je passe par le bureau des infirmières, pour prévenir que je suis de retour. Quand j'entre dans ma chambre, Tracy est assise sur le fauteuil proche de mon lit, elle m'attend.

— Bonjour ma fille, ça va ?

— Bonjour maman, ça va bien et toi ?

— Très bien, je me sens de plus en plus en forme et je suis impatiente de sortir. Ça te dit une petite balade en bas ? Ça me fait un peu sortir de ma chambre.

— Si tu veux, oui, mais ne te fatigue pas trop si tu veux être en forme demain matin pour sortir.

— T'inquiète pas, on ira doucement.

Je trouve que du haut de ses 14 ans, elle a beaucoup de maturité. Elle s'est fait la réflexion que ce n'est peut-être pas bon pour moi de forcer autant après une chirurgie. Mais heureusement qu'elle ne sait pas tout, sinon je n'aurais même pas le droit de quitter mon lit. Alors, à un rythme beaucoup plus lent que tout à l'heure, nous prenons le chemin de la cafétéria. Comme ce plaisir que l'on a de recommencer ce tour de manège qui nous a beaucoup plu, je retourne dans le monde des gourmandises. Mais cette fois, je prendrai plutôt un thé, sinon avec trop de café, je ne pourrai pas dormir cette nuit. Nous arrivons au bout de la file d'attente, qui, j'ai l'impression, ne désemplit jamais.

Tracy commande un coca et moi un thé vert à la menthe. Je ne prends rien à manger, il ne faut pas abuser des bonnes choses, ce serait exagéré de ma part. Et nous allons nous installer à une table avec deux fauteuils. Nous discutons un peu, de ma chirurgie, de ses cours et aussi de Viff, que je suis pressée de retrouver. Tracy a décidé de l'emmener chez moi demain matin, pour que quand je rentre, il soit déjà là. Elle m'attendra aussi, pour partager ce moment agréable, mon retour à la maison. Et dire que j'ai failli ne jamais rentrer. J'ai honte de moi, de ne l'avoir dit à personne, mais je n'y arriverai pas, c'est trop dur.

— J'ai hâte que tu rentres chez toi, au moins, quand on se verra, ce sera dans un endroit plus joyeux.

— Tu as raison, et moi aussi j'ai hâte. Ça va passer vite, demain matin, on y est presque. D'ailleurs il est déjà 18h00, il faut que je remonte dans ma chambre. Tu remontes avec moi ?

— Non, je vais y aller, j'ai encore tout le trajet en tram jusqu'à chez papa. On se voit demain. Passe une bonne soirée et une bonne nuit. À demain !

— D'accord, bonne soirée aussi, rentre bien. À demain !

Je repars vers ma chambre une nouvelle fois. Mais je me dis que c'est déjà le soir, et qu'entre le repas et ma série, il sera très vite l'heure de dormir. Comme ça, à mon réveil, ce sera le jour de ma sortie. Quand je pénètre dans ma chambre, mon plateau est déjà posé sur ma tablette. Décidément, on mange de plus en plus tôt. Mais je prends quand même mon repas, même s'il est un peu trop tôt à mon goût. Comme d'habitude, je prends tout mon temps. Il est 19h00 quand je termine de manger. Je vais un peu sur Facebook en attendant le débarrassage du plateau, j'ai besoin de la place pour mon ordi.

Il y a beaucoup de "J'aime" sous ma publication avec ma collation. Il y a même des commentaires gentils, de personnes qui me souhaitent un bon rétablissement ou me disent de bien profiter de mon petit goûter. Je trouve ça mignon. Je remercie d'une phrase tout le monde en même temps pour ces sympathiques petits messages. Ça me touche beaucoup, ça met du baume au coeur.

Au même moment, l'aide-soignante vient retirer le plateau. J'en profite pour installer mon ordi sur la tablette. Je l'allume, et je mets en route ma série. Je regarde trois épisodes d'affilée. Il est déjà 21h30, mais je ne suis pas fatiguée, alors j'en regarde un de plus. Ce qui m'emmène à 22h15. C'est à ce moment que je décide qu'il est temps de dormir. J'éteins l'ordi, je le range dans ma table de nuit, pour laisser la tablette disponible pour demain matin, et je m'installe pour dormir. J'ai dû m'endormir très vite, je ne m'en suis pas rendu compte. L'infirmière toque à la porte pour les constantes, comme d'habitude. Et je me dis, c'est déjà le matin, je n'ai pas vu la nuit passer, je devais dormir comme un loir.

Chapitre 14

Nous sommes le jour J, le grand jour. Je vais enfin rentrer chez moi. Je me sens heureuse et soulagée. Une fois les constantes prises, l'infirmière revient pour me donner mon traitement, que je prendrai pour la dernière fois dans ces lieux. Je me pose contre mon oreiller, pour attendre le petit déjeuner. Ensuite, viendra le moment de me préparer pour ma sortie.

C'est rengaine quand même, un séjour à l'hôpital. On vit la même chose chaque jour, du coup, quand je raconte mon histoire, j'ai l'impression de me répéter. Je vais vous épargner le petit déjeuner. On sait tous ce que je prends. Alors, une fois le petit dej terminé, je me hâte à mon armoire pour prendre mes vêtements. Un jean et un T-shirt simples feront l'affaire. Je vais prendre ma douche et me brosser les dents. Je démêle mes cheveux et les laisse sécher naturellement. Je m'habille et me laisse emporter par cette envie de me maquiller un peu.

Du crayon noir sur le bas des yeux et du mascara, noir aussi, pour agrandir mon regard. Je suis satisfaite de l'image que je vois dans le miroir. J'ai l'air moins fatiguée. J'ai presque bonne mine. Une petite touche de parfum, Chloé, mon parfum de prédilection. Je suis prête pour ma sortie. Dans quelques instants, je vais recevoir le Dr Belle et surtout ma feuille de sortie, mon sésame vers la liberté.

Je reçois un texto de Tracy. C'est une photo d'elle avec Viff dans mon studio. J'en ai presque les larmes aux yeux en le voyant. Je suis à peut-être deux heures de le retrouver. Comme il va être content de me voir, et moi aussi, je vais être contente de le voir. Je lui réponds avec plusieurs petits coeurs pour montrer ma joie. Deux coups sur ma porte et le Dr Belle entre dans ma chambre, accompagné d'une infirmière.

— Bonjour Shelly ! À ce que je vois, vous êtes prête à partir. Comme je vous comprends.

— Bonjour Docteur, oui effectivement, j'ai hâte de sortir d'ici.

— Vos voeux vont être exaucés. Tout va bien, votre cicatrice ne saigne pas et ne s'infecte pas non plus. Vos constantes sont excellentes et vous n'avez pas de fièvre. Toutes les conditions sont réunies pour vous laisser partir. Alors, bon retour chez vous, nous allons vous donner tous les documents pour votre sortie. Bonne journée Shelly !

L'infirmière à ses côtés est souriante, elle me tend mes papiers, que je signe rapidement en lui adressant un large sourire. Voilà, ça y est, je vais enfin rentrer chez moi.

— Merci Docteur, bonne journée, à bientôt !

Ce que je ressens à cet instant est magique. Je suis heureuse, presque euphorique à l'idée de quitter cet établissement. Je prends mon sac avec mes affaires, je fais le tour de la chambre pour être sûre de ne rien oublier, et voilà, je sors de la chambre et marche avec enthousiasme. Quand j'arrive face à la double porte automatique, j'ai l'impression de passer la ligne d'arrivée à la fin d'une compétition. Cette allusion me fait sourire. Je passe la porte et observe le parvis en prenant une grande inspiration. Ma première pensée du moment est :

ENFIN LIBRE !

Un taxi m'attend devant la clinique, a priori il est pris en charge à 100 % quand on a un cancer. Alors je prends ce taxi pour rentrer chez moi dans le confort d'une berline récente. Quand celui-ci s'arrête en bas de chez moi, j'ai un noeud dans la gorge, j'ai les larmes qui montent tellement je suis heureuse. Je remercie le taxi et lui dis au revoir. Je monte l'escalier quatre à quatre. Je ne suis même pas arrivée au premier que j'entends déjà Viff couiner derrière la porte. Il m'a senti arriver. Quand j'ouvre la porte, je manque de tomber en arrière quand il me saute dessus pour me faire la fête, tout en pleurant de joie. Je lâche mon sac et je l'enlace de toutes mes forces pendant qu'une larme roule sur ma joue. Je n'arrive même pas à me défaire de son câlin, il ne me lâche pas. Tant bien que mal, je réussis à dire bonjour à Tracy. Elle affiche un sourire éclatant en voyant nos retrouvailles. Mon chien se calme un peu. Alors, je m'assois sur mon lit pour me remettre de mes émotions. Tracy me demande comment je vais. À ma tête, elle se dit que la question ne se pose même pas. Mon visage irradie de bonheur.

— Comment ça s'est passé avec Viff chez ton père ? Pas de problèmes ? Il l'a sorti assez souvent ?

— Oui, ça s'est bien passé. Il a été sorti trois fois par jour. Il a bien eu ses deux repas par jour et de l'eau à volonté.

— Bien, je t'avoue que j'appréhendais beaucoup avec ton père. Mais ça, tu le sais bien. Je suis rassurée que ça se soit bien passé.

— Si tu veux, on commande quelque chose à manger ? Je ne veux pas laisser Viff tout seul, alors que je viens juste de rentrer.

— Ah oui, avec plaisir ! Sushis ?

— Va pour des sushis !

Une fois la commande passée, je propose d'aller promener Viff pendant qu'elle attend la commande. Mon chien fait une fête du tonnerre quand il s'aperçoit que je prends la laisse. Je lui donne une caresse sur la tête, lui attache la laisse, et c'est parti pour une petite balade, juste tous les deux. On pourrait presque voir un sourire sur la gueule de mon chien. Je me sens détendue, loin de tous ces tracas à la clinique. J'en oublierais presque que je viens de me faire opérer.

Je profite de l'instant, je prends mon temps. À notre retour au studio, les sushis sont arrivés. Ça va vraiment me changer de ce que j'ai mangé jusqu'à maintenant. C'est tellement bon, que j'engloutis mon repas un peu trop vite à mon goût. Mais ce n'est pas grave, je mangerai plus lentement ce soir, pour l'instant, place au plaisir. J'ai commandé un coca zéro avec mon repas. Tout comme les sushis, je l'avale avec de grandes gorgées. Tout ça me fait un bien fou. J'avais oublié comme c'était bon de commander et d'avoir juste à se régaler.

Une fois notre repas terminé, nous discutons un peu, de tout et de rien. Nous regardons ensemble les sites de fringues, en nous disant que ce serait bien de pouvoir un jour s'acheter autant de vêtements que nous le voulons. En fin d'après-midi, Tracy me dit qu'il faut qu'elle rentre. C'est vrai qu'elle a encore 45 minutes de transport avant de rentrer chez son père. On se dit au revoir, et je la remercie encore de m'avoir ramené Viff à la maison.

Mais une fois que ma fille est partie, je me sens moins seule qu'à la clinique, j'ai mon chien avec moi. Il s'est apaisé et se couche, détendu sur son lit. Moi aussi je me sens détendue. Je lâche un petit soupir de soulagement. Je regarde autour de moi, je ferme les yeux, je suis heureuse d'être là. Je mets mes affaires de la clinique au sale et je range mes produits de toilette dans la salle de bain. Je regarde deux épisodes de ma série préférée, allongée sur mon lit.

Le temps passe vite. Il est déjà 18h30. Viff pleure au pied du lit et me regarde en allant vers la porte. Eh bien, s'il a envie de sortir, allons-y, allons faire une petite promenade. Mais étrangement, il tire sur la laisse, il court presque dans l'escalier. J'essaie de le suivre, mais il tire fort. Il n'a pas le temps d'aller loin dans l'herbe qu'il a une diarrhée carabinée. Est-ce que c'est le stress de rentrer à la maison, de me revoir ? Est-ce qu'il était malheureux chez mon ex, au point de se rendre malade ? Le pauvre, il m'a fait de la peine. J'espère que ça va aller mieux maintenant.

Nous remontons au studio. Il se couche sur son lit. Je me prépare un petit repas, un peu de pâtes et du jambon avec un yaourt. J'ai déjà bien mangé à midi avec tous ces sushis. Je vais être raisonnable ce soir. Je donne aussi à manger à Viff, mais il ne mange pas, il se détourne de sa gamelle. Je termine de manger, je fais la vaisselle et je prépare mes affaires pour prendre une petite douche. Mais Viff se relève d'un coup, il me regarde et va vers la porte en pleurant. Vu ce qu'il s'est passé tout à l'heure, je ne cherche pas à comprendre. J'attrape sa laisse et ouvre la porte pour le sortir. Et comme tout à l'heure, il court pour descendre et encore une fois, il n'a pas le temps d'aller loin qu'il a de nouveau une grosse diarrhée.

— Ben alors mon gros, qu'est-ce qu'il t'arrive ? T'es malade, ou tu décompresses de là où tu étais ces derniers jours ? Mon pauvre toutou, allez, on va rentrer, et tu vas te reposer.

Quand nous entrons dans le studio, il se couche en boule. J'en profite pour aller prendre ma douche et me préparer à me coucher. Le jet d'eau chaude me fait du bien. Je me détends, prête pour une bonne nuit de sommeil. Après avoir enfilé un pyjama, je me couche, j'éteins la lumière et je ferme les yeux. Je n'ai pas le temps de chercher le sommeil que mon chien se lève et commence à pleurer en me poussant le bras avec son museau. Je ne perds pas une seconde, j'enfile un legging, un sweat et mes tennis en moins d'une minute. J'attrape la laisse, j'attache Viff et me voilà repartie pour sortir mon compagnon à quatre pattes qui est encore malade. Mon anxiété augmente. Je m'interroge sur ce qui peut bien arriver à Viff. Il me fait vraiment de la peine, je n'aime pas le voir comme ça. J'espère que ça va vite se calmer, il doit avoir mal au ventre et il doit se déshydrater. Quand je vois qu'il a fini, nous retournons à la maison.

De nouveau, il va se coucher, épuisé par son état. Je fais de même, mais cette fois-ci je reste habillée et je m'allonge directement par-dessus les couvertures. Mais je n'arrive pas à m'apaiser pour essayer de dormir. Je reste sur le qui-vive, attentive au moindre bruit. Au bout d'un petit moment, je finis par m'endormir. Mais cela n'a pas duré. Viff est devant la porte à gratter pour sortir, encore... J'enfile mes chaussures, j'attrape la laisse et c'est reparti. Je suis épuisée, c'est normal, je sors seulement de la clinique et l'opération est encore toute fraîche. Je suis censée me reposer, pas faire nuit blanche. Mais ce n'est pas sa faute à mon gros toutou, il n'y peut rien.

Nous rentrons une nouvelle fois au studio, mais cette fois je m'allonge même avec mes chaussures. Prête à une nouvelle sortie. Ça ne manque pas. Ça a été comme ça toute la nuit. Je n'ai pas fermé l'oeil. À 4h du matin, je prends un petit café avec quelques biscuits et je pars travailler au bar. J'ai une boule au ventre de laisser Viff tout seul alors qu'il est malade, mais je n'ai pas le choix. Pour ce travail, je n'ai pas de contrat, si je veux une paie, je dois aller travailler même pendant ma convalescence.

Ma cicatrice me fait mal, je pense que c'est à cause du manque de sommeil. J'accélère le mouvement pour finir le ménage au plus vite, mais cette douleur au sein me ralentit un peu.

J'ai hâte de retrouver mon chien et de prendre soin de lui. En espérant qu'il n'aura pas été malade dans le studio. Quand je termine ma tâche, je rentre vite à la maison. C'est avec un soulagement que je trouve Viff bien réveillé et qu'il n'a pas été malade à la maison. Alors je le sors vite au cas où, et tout va bien. Il n'est plus malade, tout est revenu à la normale. C'est un poids en moins que je remonte avec lui chez moi. Je lui donne un peu à manger, je mange un peu aussi, mais rapidement, j'aimerais faire une sieste pour récupérer de cette nuit. Heureusement que pour la société de nettoyage, j'ai un contrat, je peux me mettre en arrêt, du coup je ne travaille pas les après-midi. Mon toutou aussi a besoin de récupérer de cette nuit, il ronfle tout l'après-midi.

Chapitre 15

Nous sommes vendredi, fin d'après-midi.
J'appelle Tracy pour avoir quelques explications sur l'état de mon chien.

—Salut Tracy !

— Bonjour maman !

— Dis-moi, est-ce que tu avais remarqué quelque chose par rapport à Viff avant de le ramener au studio ?

—Non, pourquoi ?

— Il a été malade toute la nuit, la diarrhée. Il a fallu que je le sorte toutes les heures, alors que je sors seulement de la clinique et que je dois normalement me reposer. Est-ce qu'il a mangé un truc qu'il ne faut pas ?

— Eh bien...

— Quoi ? Dis-moi !

— Mon père a fait une soirée mercredi soir, et tout le monde lui a donné des choses à manger. Je leur ai dit qu'il ne fallait pas, mais ils ont rigolé et ils ont dit qu'il fallait bien qu'il mange, ce pauvre chien.

— Il a mangé quoi exactement ?

— De la charcuterie, des oeufs à la mayonnaise, des chips, du jambon, des crevettes et du gâteau au chocolat.

— Mais ça ne va pas, vous êtes fous ! Tu m'étonnes qu'il ait été aussi malade, le pauvre. Ce n'est pas une alimentation pour un chien. C'est même du poison pour un chien ! Je te laisse, je dois appeler ton père !

Je lui ai quasiment raccroché au nez. Je suis dans une rage folle, j'ai envie de hurler. Je fais le numéro de mon ex-mari, prête à exploser.

— Salut Shelly !

— Tu repasseras pour les saluts ! T'es complètement cinglé ou quoi !

— Quoi, qu'est-ce qu'il y a ? Pourquoi tu me gueules dessus ?

— T'as pris mon chien pour une poubelle de table ou quoi ! Tu lui donnes des cochonneries à manger qui ne sont pas bonnes pour lui. À cause de ta stupidité, il a été malade toute la nuit. Je n'ai pas fermé l'śil. T'es content !

— Tracy m'a dit de ne pas lui donner tout ça, qu'il serait malade, et je lui ai répondu que je m'en fous.

— Espèce de connard !

Et j'ai raccroché. J'ai de la haine envers lui, encore plus qu'à notre séparation. Il a fait du mal à Viff, et ça je ne peux pas l'encaisser. Si un jour, je dois faire garder mon chien pour X raison, je ferai appel à Barbara. Même si je dois passer pour une enquiquineuse. Je regarde Viff, et en le voyant aller bien, je m'apaise. Je l'emmène faire une petite promenade, où tout se passe bien. En rentrant, je me fais à manger, un petit repas léger mais suffisant pour ne pas me relever dans la nuit. Je prends une bonne douche, je fais les soins sur ma cicatrice et je vais me coucher. Par épuisement, je m'endors vite et je ne me réveille pas de la nuit.

Enfin un sommeil réparateur. Je vais travailler de meilleure humeur et bien reposée. Je dois tenir un mois avant de commencer la radiothérapie. Si j'ai un bon sommeil chaque nuit, je devrais vite me remettre. Heureusement que je n'ai que le ménage le matin, sinon je ne tiendrais pas debout.

Deuxième jour de travail, je me sens plutôt bien. Ma cicatrice ne me fait pas trop mal ce matin, ça pourrait être pire. Je suis un peu fatiguée, mais c'est normal, je ne suis sortie qu'avant-hier. Je suis plutôt satisfaite de ma reprise. Ma motivation est présente, juste ce qu'il faut. Les petites habitudes du matin : petit déj, la promenade de Viff et allez, c'est parti pour une nouvelle journée.

Stéphane est déjà là, il a quelques petits travaux à faire, de la peinture je crois. Il me propose un café que j'accepte avec plaisir. Nous échangeons quelques banalités et je démarre mon travail. J'ai un rythme moyen, ni trop lent pour ne pas prendre de retard, ni trop rapide pour ne pas avoir mal. Mais j'ai repris bien trop tôt, j'en suis consciente. Je me rends compte que j'ai quelques vertiges de temps en temps. Si mon chirurgien savait ça, il ne manquerait pas de me faire la leçon. Mais je continue, coûte que coûte, il le faut. Quand je termine le ménage, je rentre à la maison.

J'ai toujours cette douleur au niveau de la cicatrice et ça me brûle un peu. C'est peut-être normal quand on en fait trop d'un coup. Mais allez, je ne me prends pas la tête. J'ai une chose importante à faire. Alors j'en profite pour la faire en sortant Viff. Je dois appeler ma fille. Nous ne nous sommes pas reparlées depuis que je lui ai raccroché au nez. J'étais tellement en colère, que j'ai dû la vexer en agissant de la sorte, alors qu'elle n'est pour rien à ce qui est arrivé à Viff. Donc je l'appelle.

— Allô ?

— Bonjour Tracy. Comment ça va ?

— Ça va et toi ?

(Je n'arrive pas à savoir si son ton est froid ou triste)

— Eh bien, voilà, je m'excuse de t'avoir crié dessus et raccroché au nez l'autre jour. J'étais tellement énervée et fatiguée aussi, que je me suis emportée. Je sais que ça ne justifie pas le ton que j'ai eu envers toi, mais c'est vrai que ça m'a épuisée les allers-retours toute la nuit. Je suis vraiment désolée.

— T'inquiète pas, c'est passé. Et toi, ça va ? Comment tu te sens ?

— J'avoue que j'ai un peu mal, mais ça va, c'est supportable.

— Bon d'accord. Tu veux que je passe te voir ?

— Avec plaisir. Et puis, nous sommes samedi, du coup, tu dormiras à la maison.

— Pas de problème, je serai là dans une heure !

Une heure plus tard, nous sommes déjà en train de discuter de tout et de ce que nous allons faire ce week-end. J'ai une amie qui vit à Domène, Rachel. Je propose à Tracy qu'on aille la voir, ça nous sortira un peu de Grenoble. Alors nous voilà partis, Tracy, Viff et moi dans ma petite Seat Ibiza rouge. Ça fait un bon moment que je ne suis pas allée la voir. On passe au supermarché pour acheter tout un tas de gourmandises, du jus de fruit, de la brioche en passant par du Nutella, et voilà, une petite surprise pour Rachel. Quand nous arrivons, je ne gare pas la voiture en bas de chez elle, il n'y aurait pas de surprise, elle connaît ma Seat. Nous montons à son étage, on sonne à sa porte et on attend qu'elle ouvre. Et quand la porte s'ouvre enfin, je m'écrie :

— Surprise !

— Oh Shel, qu'est-ce que vous faites là ?

— On avait envie de te voir, mais de t'en faire la surprise.

— Eh bien c'est réussi ! Allez-y, entrez ! Ah, mais même Viff est là ! Salut toi !

Dit-elle en caressant la tête de ma boule de poils. Il a l'air aussi heureux qu'elle. Un bon moment de joie qui fait du bien. Nous nous installons dans le salon autour de la table basse. Je déballe toutes nos gourmandises, pour un goûter digne de ce nom.

—Alors, Shelly, comment tu vas ? Ça fait des mois qu'on ne s'est pas vues.

— Eh bien, j'ai subi une petite opération chirurgicale, je suis sortie il y a deux jours.

— Tu t'es fait opérer de quoi ?

— J'ai fait enlever une tumeur au sein. Je l'ai appris il y a environ un mois. Entre les examens et les visites chez le gynéco pour préparer cette chirurgie, c'est passé très vite. Je n'avais pas le temps d'appeler tout mon entourage, j'aurais passé mes journées au téléphone.

— Un cancer ! Et toi tu me dis une petite opération chirurgicale. Mais je ne savais pas. Et maintenant, comment tu vas ? Et qu'est-ce qu'il va se passer ?

— Je vais bien. Je suis un peu fatiguée, mais c'est normal, c'est encore très récent. Ensuite, je vais faire des séances de radiothérapie, dans l'espoir d'éliminer complètement les traces restantes de cancer.

— Pffff, quelle histoire. J'espère que ça va aller.

— Je suis bien suivie par le chirurgien, il n'y a pas de raison, je suis sûre que tout va bien se passer. Allez, parlons d'autre chose ! Je ne suis pas venue pour m'étaler là-dessus, je voudrais passer un bon moment. Mangeons tout ce chocolat, hummm.

Nous nous régalons. Ça fait beaucoup trop de sucre, mais c'est pas grave, on assume. La brioche y passe. Fallait pas qu'elle soit là, on était trop tentées par la gourmandise. Après avoir englouti des milliers de calories, nous nous préparons à rentrer au studio. Ça fait du bien de faire quelque chose qui change un peu. Pour une fois, nous n'avons pas fait les boutiques. Mais ça m'a fait tellement plaisir de revoir Rachel. Cette petite sortie m'a quand même un peu fatiguée. Un petit bout de route plus tard, nous arrivons à la maison, j'en ai tout de même profité pour balader un peu Viff avant de monter à la maison.

Je n'ai décidément pas envie de rester enfermée à la maison, alors j'emmène Tracy à Flunch. Ce n'est pas un restaurant gastronomique, mais ça reste simple et pas cher. Et surtout, on adore leurs banana splits. Ma fille est ravie. Tant mieux, je n'avais pas envie de manger de la pizza. Je sais que c'est un peu notre tradition, mais j'avais envie de changer. Nous avons passé un très bon moment en toute simplicité.

En rentrant au studio, nous sommes passées au Vidéo Futur pour louer un film. On ne changera jamais cette habitude-là. C'est très plaisant de vagabonder dans les rayonnages pour trouver "le film" qui nous fera passer une bonne fin de soirée. Et le vainqueur est, Harry Potter et les reliques de la mort. Nous rentrons à la maison, nous nous installons sur le lit, et c'est parti pour 2h20 de film. Ça ne paraît pas comme ça, mais c'est plus long que ce que je pensais. Au bout d'une heure environ de film, ma fatigue a capitulé. Je me suis endormie. Mais ce n'est pas grave, du moment que Tracy a pu en profiter, c'est le principal. À la fin du film, ma fille me réveille doucement, pour que je me prépare à me mettre au lit. Alors, dernière promenade pour Viff, une douche rapide et me voilà sous la couette. Un bien-être bienvenu à la fin de cette journée. Mais j'ai de plus en plus mal au sein et il est chaud autour de la cicatrice. Il faudrait que je lève le pied, mais c'est impossible. Je pense que je me suis vite endormie, je ne me souviens plus de mes dernières pensées.

Chapître 16

Mon réveil sonne à 4h30. Il est temps de recommencer encore et encore la même journée, les mêmes gestes et les mêmes taches. Que c'est rengaine. Mais la vie est ainsi faite, de routine et d'habitudes.

Nous sommes dimanche et j'aimerai finir vite le boulot pour avoir le temps d'aller sur le marché. J'aimerai faire plaisir à Tracy et acheter un bon poulet rôti avec des légumes shop suey et des nouilles sautées. Elle adore ça. Et moi aussi d'ailleurs. Allez Shelly, passe la seconde, ce n'est pas le moment de t'endormir sur tes lauriers, me dis-je. Et avec un élan de vivacité, je termine le ménage à 11h30. Ouf, j'ai le temps d'aller sur le marché. Donc, ce sera poulet rôti, nouilles sautées et légumes shop suey. Mais les fraises sont très belles et ont un parfum enivrant. Je succombe à la tentation et achète une barquette. Nous allons faire un vrai festin de reines ce midi. Cette pensée me fait sourire.

Je rentre de bonne humeur. Je prépare la table, réchauffe le poulet et les accompagnements et nous passons à table. Nous avons l'eau à la bouche.

C'est avec appétit que nous mangeons ce bon repas. Une fois les fraises nettoyées, nous prenons notre dessert. Nous n'avons plus faim, c'est surtout de la gourmandise. Si je continue comme ça, je vais reprendre les 25 kg que j'ai perdu en un rien de temps.

En début d'après midi, Tracy me dit qu'elle ne veut pas rentrer trop tard, elle aimerait manger avec des copines ce soir. Bon et bien, d'accord, au contraire, c'est bien qu'elle voit du monde. Ca va lui faire du bien d'être avec des copines. On se dit au revoir et elle repart chez son père. Je vais me promener au parc avec mon fidèle compagnon. Il fait frais, mais le soleil est radieux. On traine un peu avec mon chien, ça fait du bien.

Je pense à Barbara, elle me manque. Je ne lui ai pas donné signe de vie depuis ma sortie de la clinique. Je décide de l'appeler pour qu'elle vienne boire un coup à la maison. Ca me ferai vraiment plaisir de la voir. Et puis on va avoir plein de choses à se raconter.

— Salut Barbara !

— Shelly ? Comment tu vas ?

— Ca va. J'essaie de concilier convalescence et travail sans m'épuiser. Et toi, ça va ?

— Très bien.

— Ca te dis de venir boire un coup à la maison ? Ca fait tellement longtemps. Tu me manques.

— Avec plaisir Shel, j'arrive. A tout à l'heure.

— A toute !

J'ai le sourire aux lèvres. Enfin un peu de compagnie. Je rentre à la maison, je verifie ma tête dans le miroir. Tout va bien, j'ai pas l'air fatiguée. Je me recoiffe un peu et je met un trait de crayon noir. Je tourne en rond en attendant Barbara. Excitée comme une enfant à noël. C'est vrai qu'elle a quand même 40 minutes de voiture pour venir jusqu'ici.

Ca y est, elle toque à la porte. Je lui ouvre vite et je lui saute au cou pour lui faire un gros calin. J'ai envie de pleurer de joie. Ma meilleur amie, ici, avec moi. Elle me rend mon étreinte avec autant de joie que moi. Mais Viff nous rappelle par un petit aboiement, que lui aussi il est là et qu'il aimerait lui aussi un calin de Barbara. Petit jaloux, il est attendrissant. Barbara lui fait un gros calin, et ayant eu ce qu'il voulait, il est allé se coucher sur son lit, sagement en nous regardant.

— Comment tu vas Shel ? Depuis que tu es sortie, on ne s'est pas vues.

— Et bien, ça va. Tranquillement.

— Tu as l'ai un peu fatiguée. Tu es sure que tout va bien ?

— Je suis un peu fatiguée, mais ça va aller. Comme je n'ai que le ménage au bar, les après-midi, je fais des siestes. Heureusement, sinon je n'y arriverai pas à travailler.

— Je te comprends. Mais promets moi de te reposer au maximum, pour bien t'en remettre. Je ne voudrais pas que tu retournes à l'hopital pour une raison grave.

— Non ne t'inquiètes pas Barbara, je fais quand même attention. Et toi ? Comment tu vas ?

— Ce n'est pas pareil le boulot sans toi, tu me manques. J'espère que ça va passer vite. J'ai hâte que tu reviennes. Mais ne reviens pas trop vite quand même hein, prend le temps qu'il faudra.

— Oui, je prend le temps qu'il faut, et toi aussi tu me manques. C'est d'ailleurs pour ça que je t'ai appelé.

— Je ne reste pas trop longtemps, juste le temps d'un déca, et je te laisse te reposer. Et ce n'est pas une suggestion, c'est un ordre.

— Oui patronne ! Dis-je en riant.

Nous passons un bon moment. Court, mais ça me fait tellement plaisir de la voir que je m'en contente aisément. Au bout d'une heure, Barbara me fait un gros calin et me quitte pour rentrer chez elle, avec ses dernières paroles pour m'imposer une sieste. Il est vrai que j'ai besoin de ce repos si je veux guérir au plus vite. Je tire le double rideau et m'allonge sur mon lit en regardant un peu la télé. Je me dis que même si je ne dors pas, je me repose quand même, mais je finis par m'endormir.

Je me réveille vers 17h00. J'ai besoin de prendre l'air pour émerger. Je sors donc mon Viff et j'en profite pour m'oxygéner. Le temps passe tellement vite. Je suis sortie de la clinique jeudi, nous sommes déjà dimanche soir. Je n'ai pas vu le temps passer. Je ne vais pas vous raconter toute ma semaine, elles se ressemblent toutes et je ne souhaite vraiment pas que vous vous ennuyiez avec cette rengaine. Mais pour faire court, j'ai cumulé de la fatigue. Ma cicatrice me faisant trop mal, je dormais très mal. J'ai remarqué qu'il y avait un gonflement important autour de la cicatrice, que la peau était rouge et chaude. C'est peut être normal après tout, il faut bien que ça cicatrise et ça doit être une étape ordinaire. Je vais attendre un peu, ça va surement se résorber avec le temps.

Nous sommes vendredi soir, Tracy arrivera demain matin vers 11h00. Ayant besoin de me changer les idées, j'ai proposé à ma fille que l'on aille voir une de mes amies qui vit à Pontcharra. Mélodie. Elle a accepté. Elle est même ravie. Ca fait très longtemps qu'on ne l'a pas vu. Je dois m'organiser pour finir un peu plus tôt que prévu. Il faut bien 45 minutes pour aller chez Mélodie. Elle nous invite à manger. Du coup il faudrait pour bien faire que je termine le boulot pour 11h00. Comme ça, dès que Tracy est là, nous partons directement. Avec mon gros toutou, évidemment. Dès que je peux le prendre avec moi, j'en profite. Il ne sera pas seul toute la journée. Il sera content.

Je met mon réveil à 3h30. Ca fait vraiment très tôt. Je m'en rend compte en selectionnant l'heure souhaitée. Mais bon, il le faut, si je veux arriver à l'heure. Je me couche donc très tôt. A 20h00 je suis au lit. Ca me fait bizarre d'être au lit si tôt. Mais je m'endors facilement.

Le lendemain, quand je suis au travail, je me dis que je suis folle de faire des choses pareilles. Je m'ajoute de la fatigue inutile en faisant des trajets aussi longs. Mais j'ai besoin de voir mes amies. Moralement, c'est nécessaire. Ma fille aussi en a besoin. Ca lui permet de sortir de la ville. D'être au calme de la campagne et bon pour la santé. Même si ce n'est que quelques heures. A 11h00 je finis mon travail. Je suis dans les temps. Je fonce récuperer ma fille et mon chien, et nous embarquons tous dans la voiture. Et c'est parti pour 45 minutes de route.

Nous arrivons à l'heure, il est 11h45 quand nous nous garons en bas de chez Mélodie. Mon sein me fait plus mal que jamais. Mais je fais bonne figure, je souris en voyant mon amie. Nous nous enlaçons dans une grosse étreinte, tellement nous sommes heureuses de nous revoir. On se lâche, et là, c'est le drame. Ma cicatrice me fait mal, c'est comme une déchirure. Et je sens mon t-shirt être mouillé du côté de mon sein opéré récemment. Prise de panique, je préviens ma copine et file dans la salle de bain pour voir ce qu'il se passe. Je soulève mon t-shirt et m'aperçois qu'il y a un écoulement pas très normal. J'en ai partout. Ma copine me donne une serviette pour que je puisse me doucher et elle me prête un t-shirt propre et un soutien-gorge un peu grand pour avoir la place d'y mettre un tas de compresses.

Je ne sais pas trop quoi faire. J'aimerai allez aux urgences, mais en même temps, je ne voudrais pas avoir fait la route pour rien et planter ma copine avec le bon repas qu'elle nous a préparer. Nous avons changer les compresses au moins 3 fois avant que le flux ne s'arrête. Un peu rassurée, je décide de rester pour le repas. Mais je me dis qu'il faudra quand même aller aux urgences pour voir ce que c'est.

J'essaie tant bien que mal de passer un bon moment. Nous parlons un peu de tout, de nos travails, de nos enfants et de nos projets. Si nous avons des projets. Après un petit café, je prend congé de ma copine et reprend la route avec ma fille et mon chien. Je ne parle pas, je suis anxieuse. Qu'est ce qu'il m'arrive ? Est ce que c'est grave ? Pouvu que ça ne recule pas les séances de radiothérapie. Je veux vraiment en finir avec tout ça.

Nous arrivons à Grenoble, je dépose Tracy et Viff au studio, et je file à la clinique, aux urgences. J'expose mon problème à l'hotesse d'accueil qui me reçoit, je rempli le questionnaire pour donner mes coordonnées et je vais m'assoir en salle d'attente. Le stress monte durant mon attente. J'ai l'impression que je vais exploser. A cet instant, un interne arrive et je le suis jusque dans un box avec un lit d'examen. Il me demande de m'assoir dans un premier temps. Il me questionne sur mes symptômes et si je sais d'où cela pourrait venir. Alors je lui explique la chirurgie du sein, les raisons de cette opération et lui explique ce que je ressentais jusqu'au moment où il y a eu cet écoulement. Il me dit de m'allonger et de patienter, que le médecin va passer me voir pour éclaircir le problème. C'est angoissant d'attendre dans un hopital, surtout quand on ne sait pas ce qu'il nous arrive. Mais je prend sur moi et je patiente.

Il s'écoule quand même deux heures avant que le médecin arrive. Je n'ai pas besoin de lui réexpliquer ce qu'il m'arrive, l'interne s'en est déjà chargé. C'est bien, on gagne un peu de temps.

— Madame Cooper, ce qu'il vous arrive n'est pas grave. Il est courant que ce genre de chose arrive à la suite d'une chirurgie comme une tumorectomie. Ca s'appelle une lymphocèle. C'est une boule qui se forme à l'endroit de la chirurgie. Elle se rempli d'eau et gonfle jusqu'à céder. Il est tout à fait normal que ce soit douloureux. On ressent même une brulûre là où la boule gonfle. Cette lymphocèle crée une inflammation sous cutanée qui est très gênante. Mais ce n'est pas grave du tout. Je vais ponctionner cette boule pour que vous n'ayez plus de gêne.

— D'accord, ça me rassure. J'ai eu très peur quand ça s'est percé. Et après la ponction, est ce que je serai enfin tranquille ?

— Et bien, ça peut recommencer, mais le problème, c'est que plus vous allez ponctionner, plus ce sera gorgé d'eau. Il faudra donc prendre malheureusement votre mal en patience. Je sais que ce sera douloureux, mais sinon il faudra recommencer sans arrêt et ça n'en finira pas. Il faudra aussi allez voir votre chirurgien pour l'informer de ce qu'il s'est passé.

— D'accord, j'irai le voir dès lundi.

— Bien, allons-y. Je vais introduire une canule dans cette boule, et aspirer le reste de liquide.

Je grimace dès les premières secondes tellement c'est douloureux. Mais je tiens bon, c'est pour mon bien.

— Parfait ! Il ne me reste plus qu'a désinfecter et vous pourrez partir. Avant, je vous donnerai une ordonnance pour aller en pharmacie. Vous aurez besoin de désinfectant et de compresses. Il faudra continuer ce soin tous les matins et tous les soirs. Normalement ça devrait bien cicatriser.

En effet, dès les soins terminés, je peux rentrer chez moi. Je suis rassurée. Ca fait peur quand il nous arrive un truc comme ça et qu'on ne sait pas ce que c'est. Mais rien de grave. Je repars l'esprit plus leger. Même si c'est douloureux, je ne suis plus inquiète. Je rentre vite chez moi, ma fille doit être angoissée de ce qu'il m'est arrivé. Il faut que je la rassure. La clinique n'est pas loin de chez moi, en 5 minutes j'y suis.

— Ha, maman ! Enfin. Alors ? Qu'est ce qu'il s'est passé ? C'était quoi cette boule qui s'est percé ?

— A priori, rien de grave. C'est quelquechose qui arrive très souvent. C'est de l'eau qui s'accumule au niveau de la cicatrice. Ca forme une boule qui devient doulourouse et qui fini par se percer. Ca fait paniquer sur le coup, mais pourtant il n'y a pas lieu de s'affoler. En tout cas, maintenant je sais ce que c'est, et si ça se reproduit, je saurai quoi faire.

— Et là, il n'y a aucun risque? Ca ne va pas recommencer dans la nuit ?

— Non, le médecin des urgences a vidé complètement l'abcès et a bien désinfecté. Il faudra demain matin que j'aille à la pharmacie pour changer mon pansement tous les matins et tous les soirs. Si tout se passe bien, ça devrait bien cicatriser.

— Bon, tant mieux. T'as pas faim toi ? Je n'aurai rien pu avaler tant que je ne savais pas si tu allais bien.

— J'avoue que oui j'ai un peu faim. On va chercher du macdo si tu veux.

— Oui, génial ! C'est parfait !

Donc, nous allons chercher à manger, un poid en moins sur l'estomac. Et puis, je devrais bien dormir, avec un souci de moins. Sinon, j'aurai cogité toute la nuit. Quand je dors mal, ça réveil Tracy et du coup, elle aussi dort mal. Je m'en voudrais qu'elle soit fatiguée à cause de moi.

Finalement, nous décidons de manger sur place, pendant que c'est encore chaud. Et puis, de temps en temps, ça fait du bien de voir du monde. On prend notre temps pour manger. Nous sortons du macdo vers 20h30. Le temps de rentrer, ça fera un peu tard pour aller louer un film, nous nous contenterons d'un dvd que nous avons au studio. Un film de Stephen King " La ligne verte ". Même si on ne le voit pas jusqu'à la fin, ce n'est pas grave. On risque de s'endormir sur un film de 3h00. Mais il faudra que je promène Viff avant le film, sinon le pauvre il ne sortira pas avant demain matin.

Chapitre 17

Vous devez vous dire : "Elle nous enquiquine avec son chien, à parler de lui tout le temps." Mais si vous saviez à quel point il a de l'importance pour moi. Je pense toujours à son bien-être. Je ne reste jamais très tard aux soirées où je suis invitée, parce que je sais qu'il se sent seul et qu'il a aussi besoin de ses petites sorties. Et puis, moi aussi, j'ai besoin de passer du temps avec lui. Il est un membre de la famille à part entière. Il est aussi une constante pour moi. Il est toujours là. Je me confie à lui, même s'il ne comprend pas ce que je lui dis, et qu'il ne peut pas me répondre, il est présent à sa manière. S'il n'était pas là, je ne sais pas comment j'aurais tenu le coup avec tout ce qu'il m'arrive. Je garde le moral grâce à lui, juste par sa présence. Je vais parler de Viff tout le temps. Il fait partie de ma vie, donc de mon histoire. C'était une petite aparté pour m'excuser d'avance de ces moments répétitifs à propos de mon compagnon fidèle.

Bon, voilà, après la sortie de mon chien et une petite douche, nous mettons en route le film. Je l'ai vu des dizaines de fois, mais je ne m'en lasse pas. C'est un véritable chef-d'śuvre. Et pourtant, avec une journée si mouvementée, il ne m'a pas fallu longtemps pour m'endormir. Le lendemain, comme d'habitude, mon réveil sonne à 4h30. Quel dommage que je n'ai pas pu me mettre en arrêt pour cet emploi. Cela m'aurait permis de me reposer correctement et de me remettre plus vite et mieux.

Mais pour le moment, le réveil est difficile. Ça paraît bête, mais il y a des moments où j'ai l'impression de ressentir encore les effets de l'anesthésie. J'ai de temps en temps des baisses de tension avec une énorme envie de dormir. C'est possible qu'il reste des traces de l'anesthésiant dans l'organisme, même quelques jours après. J'en parlerai au chirurgien quand j'irai le voir pour lui expliquer ce qu'il s'est passé avec la lymphocèle. Il me dira si c'est normal ou non. En attendant, je n'ai pas le choix, je dois y aller. Donc, je recommence les mêmes habitudes encore et encore : petit déjeuner, balade du toutou et hop au boulot. J'ai l'impression d'être réglée comme du papier à musique. C'est tellement barbant. Pas d'artifice, pas même un grain de sable dans l'engrenage, rien qui puisse rompre ces habitudes.

Pas de patron aujourd'hui. Il a dû rester au lit, au chaud sous la couette avec sa femme. Quelle chance de pouvoir rester au lit, j'aimerais bien moi aussi. Je me sers un petit café et je démarre ma journée.

Je suis très fatiguée aujourd'hui. Mais je garde le rythme. J'ai mes écouteurs dans les oreilles, avec Mylène Farmer qui chante mes titres préférés. Et d'un coup, je sursaute, prise de panique. Les plombs ont sauté. Ce n'est pourtant rien de grave, mais quand on a des écouteurs et qu'on est concentré sur ce qu'on fait, ça surprend. Alors, je lâche la serpillère et je me dirige vers la salle où se trouvent les plombs. Mais en arrivant dans le couloir, je sens une forte odeur de fumée. Et là, je panique réellement. Je tousse de plus en plus en approchant de cette pièce, c'est donc de là que vient la fumée.

Une épaisse fumée noire remplit la pièce où se trouve le jacuzzi. Ça vient du local technique où il y a le disjoncteur. Des flammes sortent du tableau électrique, il est en feu. Le pire est à venir : l'extincteur se trouve juste sous le disjoncteur, je ne peux pas l'atteindre. Je suis complètement paniquée, transie de peur. Qu'est-ce que je peux faire ? Je sors de cette pièce pour ne pas m'intoxiquer, malgré la porte de secours qui est ouverte pour aérer. Je l'ouvre tous les jours, dès que j'ai fini de la nettoyer, pour bien aérer avant l'ouverture.

J'appelle vite les pompiers. Je leur explique, tout en toussant, ce qu'il se passe, je leur donne l'adresse et mon nom. Ils me disent de me diriger vers une porte à l'opposé de l'incendie pour sortir dehors en toute sécurité. Je sors donc par une autre porte de secours qui donne du même côté que la porte d'où sort la fumée. Je profite de l'attente pour appeler mon patron en catastrophe pour l'alerter de ce qu'il se passe.

J'ai quand même un peu de mal à respirer. Les pompiers arrivent vite. Une équipe se hâte de brancher la lance et commence à éteindre le feu, mais la moitié de porte qui est ouverte ne leur suffit pas, ils défoncent la deuxième moitié et abîment le mur au passage. Ma première pensée a été : "Mon patron va me tuer en voyant ça." Je n'y suis pourtant pour rien, mais on se sent coupable de tout dans ce genre de situation.

Au même moment, un pompier secouriste m'éloigne de la fumée, me fait monter dans l'ambulance pour m'examiner. J'ai respiré beaucoup de fumée. Il me demande de lui donner des détails sur le déroulement des événements, qui je suis pour cet établissement et ce que je faisais là un dimanche matin.

Pour le coup, ça se complique. N'ayant pas de contrat, je ne suis pas couverte en cas d'accident. Alors, je lui dis simplement que je suis une amie du patron et que je lui ai proposé de le remplacer pour qu'il puisse passer la journée avec sa femme. Que je faisais le ménage du bar et qu'après je quittais les lieux pour rentrer chez moi. On se rend souvent service entre amis. Il prend note des informations que je lui donne et les transmet à son supérieur. A priori, mon patron a eu la même idée que moi quant à ma présence sur les lieux, donc nos récits corroborent.

Je suis prise d'une forte anxiété quand je croise le regard noir de mon patron. Je crains le pire. Qu'est-ce qui va me tomber dessus ? Je n'avais même pas remarqué qu'il était déjà arrivé sur les lieux, il a fait vite.

Le secouriste a terminé mon examen et me libère. Oliver me fait signe de le rejoindre. C'est avec une boule au ventre que je vais le voir.

— Salut Stéphane !

— Salut Shelly ! Je peux savoir pourquoi tu as appelé les pompiers ?

Sa question me sidère. Un incendie s'est déclaré dans son établissement, qui aurait pu être réduit en cendres, mais il me demande pourquoi j'ai appelé les pompiers ! Peut-être aurait-il fallu que je regarde les flammes embraser toute la bâtisse et attendre qu'il ne reste plus rien pour demander à mon patron ce que je dois faire. Je suis peut-être sarcastique, mais là, c'est justifié.

— Tout simplement parce qu'il y avait le feu dans le local du jacuzzi et que je ne voulais pas qu'il se propage.

— Et tu ne pouvais pas prendre l'extincteur et éteindre le feu toi-même ?

— Non, parce que l'extincteur était juste sous les flammes et que je ne pouvais pas l'atteindre. Je ne voulais pas prendre le risque d'être brûlée. Donc j'ai fait comme n'importe qui l'aurait fait, j'ai appelé les pompiers.

— Je dois faire réparer le mur de la porte de secours, ils l'ont défoncée. Ça va me coûter combien tout ça ? Et puis, je vais avoir besoin de toi. Il va y avoir un sacré nettoyage à faire pour enlever toute cette suie qui a enduit toutes les surfaces du bar. On aura le temps de le faire correctement, l'établissement est fermé pour une semaine !

Comme si c'était de ma faute. Il y a eu un court-circuit dans le tableau électrique, défaut de fabrication. Je n'y suis pour rien. Et comme si je n'étais pas assez fatiguée de ma convalescence difficile, je dois faire du nettoyage pendant de nombreuses heures, pour que le bar soit prêt à rouvrir ses portes.

— En attendant, je vais rentrer chez moi pour prendre une douche et manger quelque chose. À tout à l'heure.

Je me sens très sale. J'ai l'odeur de la fumée dans le nez et j'ai l'impression que mon corps entier est gris. Chaque pore de ma peau est bouché par la suie. Je rentre vite chez moi pour me laver de cette catastrophe. Quand j'arrive au studio, Tracy ouvre de grands yeux, elle est prise de panique.

— Mais qu'est-ce qu'il t'est arrivé, maman ?

— Il y a eu un incendie au bar. Mais je vais bien. J'ai été prise en charge par les secouristes. Ils m'ont examinée et tout va bien.

— Tant mieux si tu vas bien. Tu as dû avoir très peur.

— Oh que oui, j'étais terrifiée. Je ne savais pas quoi faire, mais j'ai appelé les pompiers et tout est rentré dans l'ordre.

— Et le bar ?

— Rien de trop grave, il n'y a que le local technique du jacuzzi qui a été touché, et de la suie partout dans le club. D'ailleurs, il faut que je travaille cet après-midi avec Stacie pour commencer le nettoyage.

— Mais maman, tu devrais être en convalescence. Tu ne vas jamais tenir le coup si tu forces comme ça.

— Je sais bien, mais je n'ai pas le choix, il faut bien remettre le bar en état si on veut tous reprendre le travail.

— Bon, mais fais attention à toi quand même, hein.

— Oui, ne t'inquiète pas.

Je vais prendre une douche. L'eau qui coule sur mon corps est noire. Je recommence une nouvelle fois et là l'eau qui s'écoule est grise. Il m'aura fallu me savonner trois fois pour que l'eau soit plus claire. Mais je ne me sens pas propre pour autant. J'ai toujours l'odeur de fumée dans le nez, et je pense que ça va durer encore un moment.

Après cette triple douche, je sors promener Viff, en espérant que ça va m'aérer un peu. Ensuite, je mangerai vite fait quelque chose et je repartirai travailler. Ma convalescence est bien plus compliquée que ce que je pensais.

Chapitre 18

C'est un travail de longue haleine qui a été effectué pour remettre le bar en état, mais nous y sommes arrivés. Les clients sont nombreux à la réouverture, pour le plus grand plaisir de Stéphane et de son épouse Laurence.

Pour ma part, j'ai encore du pain sur la planche. Quand mon sein sera enfin complètement cicatrisé, je vais débuter la radiothérapie. Nous sommes le dimanche 10 avril 2011, il reste encore plus d'un mois avant de commencer les rayons si je n'ai plus de problème avec ma cicatrice. Les fils ne sont pas encore tous tombés et ce n'est pas complètement cicatrisé. Je revois le chirurgien une dernière fois le 13 mai pour confirmer que je peux commencer mon traitement par rayons.

J'ai hâte, car j'espère guérir complètement, et en même temps, j'appréhende ce que je vais ressentir et les effets secondaires. De plus, c'est une fatigue supplémentaire que je vais imposer à mon corps déjà bien épuisé.

Il n'y a pas que mon corps qui est fatigué, mon mental aussi en a pris un coup. Avec tout ce qui m'est arrivé pendant cette épreuve déjà difficile, mon moral est très bas. Et ce malgré la présence de ma fille, ma meilleure amie et mon chien. Au bout d'un moment, on n'arrive plus à faire face, ni à tenir le coup. Il y a des moments où j'ai envie d'abandonner, de baisser les bras. Il m'arrive, pendant que je fais le ménage au bar, de me mettre à pleurer d'un coup. Ça ne prévient pas, ça arrive comme ça. J'ai peur parfois de tomber dans la dépression. Mais je m'accroche, j'essaie de tenir le coup, surtout de faire bonne figure devant ma fille et ma meilleure amie, pour qu'elles ne s'inquiètent pas outre mesure.

Pour le moment, je me prépare psychologiquement à reprendre mon travail pour la société de nettoyage, chez les personnes âgées. Ce ne sont pas les gens chez qui je travaille le problème, c'est que je vais de nouveau cumuler beaucoup d'heures de travail et très peu de repos. Mais je vais faire tout ce que je peux pour y arriver. Je me dis en moi-même que je suis une battante pour me donner du courage. Et puis il faut bien travailler pour gagner sa vie. Cancer ou pas cancer. C'est comme ça.

Pendant ce mois restant avant mon traitement, je vais être bien occupée. Avec trois emplois et ma vie sociale bien remplie, je ne vais pas m'ennuyer. Mais je devrai tout de même faire attention à ne pas me surmener, ni déchirer ma cicatrice en forçant trop.

À part les quatre jours à la clinique, je n'ai pas eu

d'autres jours de repos. J'aimerais bien avoir un jour ou deux avant la reprise de mon autre emploi. Mais c'est compliqué s'il n'y a personne pour me remplacer. C'est bien dommage. Avec Tracy, nous serions parties un week-end à la montagne, dans les Hautes-Alpes. Nous y allons très souvent depuis la naissance de ma fille. Mais ce sera pour une prochaine fois, quand je trouverai une bonne âme pour me remplacer deux jours.

Allez ! Fini de m'apitoyer sur mon sort, gardons le moral.

J'ai terminé mon travail au bar, et j'ai mon après-midi de libre. Donc avec Tracy, nous irons en ville cet après-midi. Il n'y a pas grand-chose d'ouvert, mais nous allons manger au Bistrot Romain. Nous profiterons d'un bon moment avant qu'elle ne rentre chez son père. J'active l'alarme du bar et je ferme bien à clé. Je rentre vite à la maison et je vais, comme d'habitude, promener mon compagnon de route, Viff.

Il flâne, il prend tout son temps. Il a bien raison, ça lui fait du bien de prendre l'air. Il passe beaucoup de temps dans ce petit studio sans avoir assez de place pour bouger. C'est pour cette raison que je ne tarde jamais à le sortir. Il peut se défouler et jouer avant de retourner dans ce logement si exigu. Une vingtaine de minutes plus tard, je le dépose au studio et fais un échange de bon procédé en récupérant ma fille pour sortir en ville.

Malgré sa déception de ne pas pouvoir faire les

boutiques, puisque nous sommes dimanche, Tracy est contente de sortir manger dehors. Elle ne manque pas de jeter un oeil dans les vitrines en passant. Elle se fait une liste mentale pour la prochaine fois et ça me fait sourire.

Pendant que nous marchons, j'en profite pour lui demander si tout va bien ou si elle a des questions sur mon état de santé. Elle me dit qu'elle n'est pas inquiète parce qu'elle voit bien que je suis en forme, malgré des cernes légèrement marqués, et que je l'ai bien rassurée quant à mon traitement à venir. Cela m'enlève un poids de savoir qu'elle est confiante. Moi aussi je suis confiante, mais je garde quand même au fond de moi quelques doutes pour ne pas tomber de haut si les résultats n'étaient pas concluants. On ne sait jamais.

Nous changeons de sujet avant de plomber l'ambiance. Nous nous projetons sur la période des vacances d'été qui approche doucement. Est-ce que nous allons nous voir souvent ? Est-ce que son père a prévu de l'emmener un peu en vacances ? Tracy aime la mer, alors j'espère qu'elle pourra y aller un peu.

De mon côté, il y a toujours cette difficulté à me faire remplacer. Mais il faudra bien que mon patron trouve une solution, je dois prendre des vacances. Je ne peux pas travailler toute l'année sans avoir de congés. Mais il est certain que s'il y a une possibilité d'avoir ne serait-ce qu'une semaine, c'est sûr que nous partirons sur la côte. Je vais insister le plus possible pour que mon patron fasse le nécessaire, même s'il trouve que je suis pénible. Et puis j'y ai droit à mes congés, même si je n'ai pas de contrat, tout le monde a droit à du repos.

Nous arrivons au restaurant. Il est déjà 13h et nous avons très faim. Même si le soleil se montre, il fait encore frais pour être en terrasse, donc nous nous installons au chaud, près de la baie vitrée.

Nous avons craqué sur le même plat, des tagliatelles aux noix de Saint-Jacques. Avec un soda pour boisson. On en a l'eau à la bouche. Vivement qu'on nous serve. Bêtement, nous sommes toutes les deux sur notre téléphone, sur les réseaux sociaux en attendant notre commande. Ça fait un peu asocial, mais c'est comme ça. Le fameux petit tour pour voir ce qu'il se passe sur la toile.

Après quinze minutes d'attente, nos plats arrivent. Les senteurs qui s'en dégagent nous appellent vivement. C'est avec un appétit féroce que nous mangeons nos pâtes. C'est aussi bon que l'odeur qui s'en dégage. Un vrai délice. Après tout ça, je crois que nous n'aurons pas de place pour un dessert. Ce sera pour une autre fois.

Ce bon repas terminé, nous retournons au studio en tram. Tout en sachant que d'ici quelques heures, Tracy va partir chez son père et que je vais me retrouver seule avec Viff. Mais j'en ai pris l'habitude. Mes journées en semaine sont bien occupées, donc le temps passe vite, et le week-end pour revoir Tracy sera vite là.

Je plonge dans mes pensées, en me disant que dans une semaine, je serai débordée par le travail. Je me demande comment mon corps va réagir. J'espère que je ne serai pas trop fatiguée, même si c'est déjà le cas. L'oncologue m'a dit que je pourrai éventuellement ressentir de la fatigue pendant mon traitement, mais que je pourrai faire une cure de vitamines si besoin. J'ai quelques inquiétudes sur les effets indésirables. Ils ne sont pas nombreux, mais ils existent. Ce n'est pas le moment de baisser les bras, pas après tout ce que j'ai enduré. Chaque fois que je suis tombée, je me suis relevée. Mais pendant combien de temps ?

Je redescends de mon nuage quand Tracy m'interpelle pour me dire que nous sommes arrivées. Encore un petit moment ensemble, il faut en profiter. En voyant Viff nous faire la fête, nous décidons d'aller nous poser un peu au parc pour qu'il prenne l'air et qu'il se dépense un peu. Nous y restons une heure. Viff a bien gambadé et il s'est bien dépensé. Ça fait plaisir à voir. Et voilà, il est l'heure pour ma fille de partir. On se dit au revoir et chacune de notre côté, nous continuons notre quotidien.

Chapitre 19

Quelques semaines se sont écoulées. Je tiens le coup, avec quelques somnolences les soirs où je travaille au bar, surtout juste avant la fermeture, quand on attend que les derniers clients finissent leurs verres et quittent les lieux. Généralement, je suis assise dans le petit bureau derrière le bar, dans le fauteuil du patron, qui est déjà parti depuis longtemps. Et c'est dans ce fauteuil que je pique du nez, il m'est même déjà arrivé de m'endormir complètement. C'est Barbara qui me réveille dans ces cas-là, pour me dire de rentrer chez moi et d'aller me coucher. Qu'elle fermera, qu'il n'y a plus personne.

Nous sommes le 7 mai au soir, enfin dans la nuit du 8 mai, vu l'heure : 2h30 du matin. Les journées sont interminables, je n'en vois plus le bout. Il ne me reste que 2h00 à dormir avant que le réveil sonne pour le ménage du même bar. Je vais vite sortir Viff et me coucher sur le lit sans me déshabiller. Je suis bien trop épuisée, et je veux gagner quelques minutes de sommeil, même si cela ne sert pas à grand-chose.

4h30, ce foutu réveil sonne. Je l'éteins en le maudissant de me réveiller. Je n'ai vraiment pas envie de me lever, mais il le faut, hélas. Un petit-déjeuner sur le pouce, la balade du canidé et hop, au boulot. Je suis lente ce matin, bien trop fatiguée pour accélérer le mouvement. Je sais que Tracy est à la maison, mais j'aurais vraiment besoin d'une petite sieste quand je vais rentrer. Je vais lui expliquer que les clients du bar sont partis vraiment tard et que je n'ai dormi que 2h00. Elle n'a pas dû s'en rendre compte, vu que quand je rentre tard, elle dort à poings fermés.

Et c'est dans un état de fatigue intense que je termine mon travail. Je prends vite une douche et rejoins Tracy à la maison. Je hâte le pas pour préparer un petit repas à la bonne franquette, comme on dit. J'avoue que, malgré le sommeil qui me guette, j'ai un peu faim.

Quand j'arrive, ma fille a déjà sorti mon chien. C'est un vrai soulagement, comme ça je fais vite à manger. Pendant le repas, j'explique mon besoin de dormir à Tracy. Et là, elle me dit qu'elle m'a entendue rentrer, parce qu'elle venait juste d'éteindre son ordinateur portable. Elle a papoté avec des copines toute la soirée. Mais qu'elle ne m'a pas parlé pour ne pas que je perde de temps pour me coucher. C'était une très belle intention. Je la remercie. Elle me dit qu'elle aussi aimerait se reposer un peu après manger.

Je souris de soulagement. Nous mangeons, un peu trop vite, mais pressées par le temps pour nous reposer. Je débarrasse la table et nous nous préparons pour une petite sieste tout en mettant quand même un réveil à sonner pour ne pas dormir trop longtemps. Que ça fait du bien de pouvoir dormir en plein après-midi. Je ferme les yeux et sombre aussitôt dans le sommeil.

C'est à 15h30 que nous sortons des bras de Morphée. Je suis encore fatiguée, mais si je dors plus longtemps, je ne pourrai pas m'endormir ce soir.

Tracy repart de bonne heure, avec son père, ils sont invités à manger ce soir. Le temps d'émerger et ma fille part vers 16h00. Je ne lui en veux pas, elle a sa vie elle aussi, et puis il y a son père. Elle veut partager des moments avec ses deux parents. Je lui dis au revoir et referme la porte sur un grand silence.

Je termine la journée en regardant des séries sur mon PC avec mon chien. Le temps passe trop vite. Déjà 18h00, l'heure de manger, de se doucher et d'envisager de me coucher tôt. Avant de m'endormir, je me demande ce qui m'attend demain. Il se passe toujours quelque chose depuis quelques temps. Je ressasse l'incendie et tout le travail qu'il a fallu effectuer. C'est un mauvais souvenir, j'essaie de rester confiante et de me dire qu'il ne se passera rien. Et je m'endors sur cette pensée.

Lundi matin, 8h00. Je suis en train de faire le ménage, quand Stéphane arrive avec des croissants. Ils me font envie, ces croissants. Et là, mon patron m'interpelle pour que je vienne prendre un café. Je prépare donc deux cafés, pour mon patron et moi-même. Il sort les croissants du sachet et prend des serviettes en papier. Je commence à mordre dans mon croissant quand il m'adresse la parole.

— Shelly, il faut que je te parle de quelque chose.

Je me suis arrêtée de manger en une seconde. Je me demande, mais qu'est-ce qu'il se passe ? Est-ce que j'ai fait quelque chose de mal ?

— Vas-y, dis-moi.

— Voilà, j'ai une nièce qui aurait besoin d'un petit job d'été. Ce serait pour le mois de juillet. Je sais bien que tu as besoin de ce travail pour gagner ta vie, mais j'aimerais rendre service à ma nièce.

— Eh bien, effectivement, j'ai besoin de ces heures de travail, mais combien de temps est-ce que je devrai laisser ma place ?

— Une semaine, juste le temps qu'elle gagne un peu d'argent, et elle repart chez ses parents.

— Eh bien, si ce n'est qu'une semaine, j'ai un peu d'argent de côté qui me permettra de tenir. Et puis, ça me fera un peu de repos. Je suis d'accord.

— Merci, Shel, tu m'enlèves une épine du pied.

— C'est Tracy qui va être contente, nous allons pouvoir partir quelques jours à la mer. C'est pour quelle date ?

— Du 11 au 17 juillet.

— Ah cool, en plus ça tombe pendant mon anniversaire. Je vais avoir une semaine de congés. Merci, Stéphane.

— Pour te remercier, j'ai décidé de t'offrir une enveloppe de 200 €. Ça te permettra d'en profiter un peu pendant tes vacances.

— Oh, je ne sais pas quoi dire, merci beaucoup, Stéphane, vraiment.

— De rien, c'est avec plaisir. Et puis Barbara m'a fait part de ta fatigue, alors je me suis dit que ça tomberait bien que tu aies un peu de repos.

— Oui, c'est vrai, merci.

C'est incroyable comme les gens sont opportuniste quand ça les arrange. Quand je devais me faire opérer et que j'avais besoin de quelques jours de convalescence, il n'y avait pas de solution. Mais là, pour faire travailler un membre de sa famille, comme par hasard, là il faut enfin non je dois prendre des jours. Il y a deux poids deux mesures dans cet établissement.

Je termine mon café et mon croissant et je reprends le ménage. Je vais enfin avoir des vacances, même si je dois perdre un peu d'argent, ça tombe quand même bien. J'ai hâte de rentrer et d'appeler Tracy pour lui annoncer la nouvelle. Alors je me dépêche et je finis mon travail à 11h30. Je file vite à la maison et appelle ma fille. Je suis sûre qu'elle entend mon sourire à travers le téléphone. Elle me demande ce qui m'arrive. Je lui annonce la nouvelle sans attendre. Sa voix déraille, comme si elle allait se mettre à pleurer de joie. Nous allons partir toutes les deux sur la côte. Mon traitement sera terminé, et j'aurai le temps de faire mes examens de contrôle à mon retour.

Nous sommes déjà en train de planifier notre départ et notre séjour. Quel endroit choisir ? Bungalow ou studio ? Nous sommes comme des enfants autour du sapin de Noël. Nous nous posons mille questions. C'est limite si nous ne préparons pas nos bagages en mai pour juillet.

Et c'est sur une note joyeuse que je raccroche et que je pars travailler chez les personnes âgées. Je suis toute guillerette tout l'après-midi. Aucun nuage à l'horizon. Ça fait du bien une bonne nouvelle comme celle-ci. Maintenant, j'ai hâte d'avoir passé la période de radiothérapie, pour que juillet arrive vite. Je vais compter les jours.

Chapitre 20

Les semaines qui me séparaient de la radiothérapie sont passées très vite. Entre les trois emplois et les week-ends bien occupés avec Tracy, je n'ai pas vu le temps passer. Nous sommes le samedi 14 mai. Dans deux jours commence le traitement par rayons.

J'angoisse, mais j'ai hâte de démarrer. Par contre, le réveil va être difficile, parce que cinq fois par semaine, pendant cinq semaines, je vais devoir me réveiller à 3h30 du matin pour être à l'heure chez l'oncologue à 11h30. Soit une heure plus tôt que d'habitude.

Je pense que je vais avoir besoin de vitamines pendant un certain temps. Heureusement que les lundis et mercredis, j'ai mes après-midis libres. Je pourrai récupérer un peu en faisant la sieste.

Avec Tracy, nous allons en Suisse cet après-midi, pour aller voir son frère. Ça fait très longtemps que nous ne l'avons pas vu. Nous prendrons Viff avec nous, ça lui fera une balade et il ne restera pas seul au studio. Et puis Kévin adore Viff, ça va lui faire plaisir de le voir.

Il est 12h00 et ma fille est toute pouponnée, prête à partir. De mon côté, je prends une douche et je me maquille un peu pour avoir bonne mine. Et hop, c'est parti. Il y a une heure et demie de route pour aller chez mon fils. Nous y serons vite. Mais avant, nous passons dans une boulangerie pour prendre un bon gâteau. Vu la saison, un fraisier est approprié.

À 14h00, nous nous garons en bas de chez Kévin. Viff fait un petit tour sur la pelouse et se joint à nous pour monter les quatre étages sans ascenseur. Arrivée en haut, je peux vous dire que je les ai sentis passer, ceux-là. Et c'est à bout de souffle que je toque à la porte.

C'est avec un énorme sourire que Kévin nous ouvre la porte. Ça le fait sourire de voir que je suis essoufflée, mais lui, il a l'habitude hein. Tracy, quant à elle, est à peine essoufflée. Ah, les jeunes ! Nous sommes tous très heureux de ces retrouvailles. Tout le monde me demande comment je vais et où en est ma maladie. Est-ce que je suis guérie ? Etc.

Je prends le temps de m'asseoir en demandant à Kévin de servir le gâteau et qu'un café serait le bienvenu. Je leur demande de patienter que mon fils se soit joint à nous pour leur donner des nouvelles de ma santé.

Kévin arrive enfin avec du café et le gâteau prêt à être servi. Je peux maintenant tout leur expliquer.

— Tout d'abord, la chirurgie s'est bien passée. Le chirurgien a enlevé la tumeur. Il a découpé plus large tout autour pour éliminer le plus possible de la masse. Maintenant, il va y avoir la radiothérapie.

— Ça consiste en quoi, ça ? me demande Kévin.

Eh bien, c'est un traitement par rayons qui va éliminer les résidus de la tumeur qui pourraient être restés dans le corps. En faisant ça, on essaie d'éviter une récidive.

— Et du coup, tu serais complètement guérie ?

— En tout cas, c'est le but. Je vais avoir des examens radiologiques après ça, pour surveiller qu'il n'y a aucun signe de nouvelle tumeur.

— Pendant combien de temps tu vas être suivie ?

— Pendant cinq ans. Ensuite, si les résultats sont bons, on peut parler de rémission totale. Mais je n'en suis pas encore là.

— Avec le traitement et le suivi, tu es sur le bon chemin, ça me rassure.

Ça me touche que Kévin s'intéresse à la suite des événements. Et je suis contente qu'il soit rassuré. Ça fait un tracas de moins au quotidien. Je mange avec plaisir la part de gâteau, bien trop grosse pour moi et je bois mon café tranquillement.

Tracy parle un peu d'elle. De ses amis et ses sorties avec son père. Elle ne parle pas des cours. Tout le monde sait qu'elle n'aime pas ça. Elle fait part à son frère que nous allons partir quelques jours sur la côte. Ça lui fait tellement plaisir qu'elle voulait absolument en parler. Mon fils a répondu que ça allait nous faire le plus grand bien.

J'ai bien interdit à tout le monde de donner du gâteau à mon chien. Il a été bien assez malade comme ça à cause de mon ex. Tout le monde a bien respecté. Une fois tous les sujets abordés et le gâteau terminé, la journée touche à sa fin. Nous nous préparons à partir, il y a encore la route du retour à faire. Quelques embrassades sur le palier, des au revoir et voilà, nous partons. Il va se passer encore un long moment avant de se revoir, mais pour le moment, apprécions cette journée.

Une petite promenade pour Viff avant de monter en voiture et nous prenons la route. Nous sommes à Grenoble à 18h00. Nous allons chercher des pizzas pour ce soir. Mais pas de film pour moi, je travaille ce soir. Tracy prend un DVD quand même, pour passer le temps. Je commence le service au bar à 21h00. Cela nous laisse quelques heures pour manger tranquillement.

Nous discutons de notre journée chez son frère. On est vraiment contentes de l'avoir vu. On avait pas mal de choses à se raconter. J'en ai profité pour rassurer tout le monde. Comme on ne peut pas se voir très souvent, au moins, ça fait une charge morale en moins. Le repas terminé, je sors Viff vite fait et je pars travailler. Ce service ne se termine pas trop tard. À 1h30, tous les clients sont partis. Je peux rentrer me coucher. Ma fille dort déjà quand je passe la porte.

Encore un jour et je commence les journées d'enfer, debout aux aurores à 3h30 du matin. Et c'est sur cette pensée que je m'endors.

Nous sommes dimanche 15 mai. Avec Tracy nous décidons de rester au calme à la maison. Nous savons toutes les deux que ma nuit va être courte et que je dois garder de l'énergie pour enchaîner la radiothérapie à la suite de mon travail.

Donc, après un petit repas, nous passons l'après-midi devant la télé. Nous avons dans le stockage du pc, toutes les saisons d'Hannah Montana. Du coup j'y ai eu droit tout le reste de la journée. Pour le plus grand bonheur de ma fille, évidemment.

Nous ne parlons pas du traitement qui démarre demain, même si nous y pensons toutes les deux. Sinon l'ambiance serait pesante. Mais nous sommes plutôt détendues. Quand arrive 18h00, il est temps pour ma fille de partir. J'en profite pour sortir Viff en descendant avec elle. Et comme d'habitude, mon chien se retourne sur Tracy jusqu'à ce qu'il ne la voit plus. C'est à cet instant que je me met à penser à demain et aux rayons. Pendant la simulation, il n'y avait pas de rayons, mais là ils seront en marche. L'oncologue m'a dit que je ne sentirai rien. J'éspère.

La journée se termine sur un léger diner, une promenade avec mon compagnon le plus fidèle et une bonne douche avant d'aller au lit.

Je m'endors difficilement. J'angoisse à l'idée de me réveiller en pleine nuit pour aller travailler. Je me demande dans quel état je serai à mon rendez vous. Il va falloir que je tienne le coup pendant cinq semaines. Est ce que je vais y arriver ? Et je finis par m'endormir.

Chapitre 21

Lundi 16 mai. Ça y est c'est le grand jour. Il est 3h30 du matin. Il m'est très difficile d'ouvrir les yeux. Je dormirai bien encore un peu. Mais non, je ne peux pas. C'est comme ça. Même Viff soupire quand le réveil sonne. Je me lève, je déjeune et sors mon chien.

Je file vite au travail. Je ne dois pas lambiner, j'ai un horaire à respecter. Je ne m'arrête pour boire un café qu'à 9h30 pour me requinquer. Et c'est reparti. A 10h00 je finis mon travail. Je prends une bonne douche, pour être fraîche pour mon rendez-vous. Surtout pas de déo ni crème ni parfum. Ce sont les recommandations médicales pour ce type d'examens.

Je vais à la clinique par le bus, sinon je vais perdre du temps à trouver une place pour me garer. J'arrive à l'heure. Il est 11h15 quand je passe les portes de la clinique. Mon examen commence à 11h30. La manipulatrice à le temps de préparer la salle, et j'ai le temps de me préparer. Je me met torse nu, et comme prévu, le personnel a une couverture pour me couvrir les jambes si j'ai un peu froid.

J'ai un nœud dans la gorge, j'appréhende quand même un peu. Et c'est à ce moment que le Dr Levin vient vers moi. On se dit bonjour, et à mon air anxieux, il me rassure rapidement.

— Bonjour Madame Cooper. Ne soyez pas inquiète, tout va bien se passer. Ce sera comme pendant la simulation, à part que cette fois il y aura les rayons.

— Ça ne va pas me brûler hein ?

— Rassurez vous, vous ne sentirez rien. Comme je vous le disais, peut être dans quelques semaines, vous aurez une petite rougeur à l'emplacement des rayons, mais rien de bien méchant. Je vous prescrirais une crème pour vous soulager.

— D'accord, alors allons-y !

La manipulatrice m'accompagne à chaque étape de mon installation. Elle me demande si je suis bien installée, si je suis à l'aise. Je réponds que tout va bien. Pour le moment je n'ai pas froid, nous verrons pendant la séance.

Le Dr levin se place derrière la vitre qui nous sépare. Il me parle à l'aide d'un micro et je l'entend dans des petits haut-parleurs près de moi.

— Madame Cooper, je vais mettre en marche la

machine, elle va tourner un moment pour retrouver la position que nous avons enregistré l'autre jour. Et elle bougera de nouveau pendant la séance, pour viser la zone sous un autre angle.

— Je suis prête, vous pouvez y aller.

Sur l'instant, j'ai une boule dans la gorge. Mais après quelques minutes, je me détends. Je ne sens aucune chaleur, ni aucune douleur. Je suis soulagée. L'examen durera 20 minutes. Mais ça paraît long quand nous sommes allongé sans bouger. L'appareil s'arrête et la salle retrouve un silence un peu flippant.

La manipulatrice vient me chercher. Et de nouveau elle m'aide à chaque étape pour retrouver ma cabine pour que je puisse me rhabiller. Ce que je fais rapidement pour revoir le Dr Levin avant de quitter la clinique.

— Madame Cooper, comment vous sentez vous ?

— Ça va très bien. J'ai angoissé pour rien, je n'ai rien senti.

— Vous voyez, je vous l'avais dis !

— Oui c'est vrai. J'aurai moins d'appréhension pour demain.

— Alors je vous dis à demain.

— A demain.

Je me suis fais toute une montagne de ces séances, alors qu'il n'y avait pas lieu d'avoir peur. A part le fait d'être exposée torse nu devant tout le monde, qui est un peu gênant, l'examen par lui même est tranquille. Je vais peut être mieux dormir la nuit prochaine, étant donné qu'il n'y aura pas d'angoisse.

Quand j'arrive à la maison, Viff me fais une fête du tonnerre. Je me dépêche de le sortir et j'en profite pour appeler Tracy.

— Allô ?

— Bonjour ma fille, ça va ?

— Oui et toi, comment tu vas ?

— Ça va bien. J'ai eu ma première séance de radiothérapie aujourd'hui.

— Alors, comment ça s'est passé ?

— Eh bien, j'avais peur pour rien. On ne ressent aucune sensations pendant les rayons. Ça ne dure pas longtemps et c'est indolore.

— Ha ben tant mieux. Toi qui angoissait, ça devrait aller mieux pour la suite du traitement. Je suis soulagée pour toi.

— Merci Tracy. Je ne devrais plus avoir d'insomnies. Mais la fatigue sera là quand même. Dès que je le pourrai, il faudra que je me couche tôt si je veux tenir debout.

— Oui reposes toi bien surtout, c'est important.

— Oui, allez je te laisse tranquille, je voulais juste te dire comment ça s'est passé. Bonne journée, à samedi.

— A samedi.

Étant donné que nous sommes lundi et que je ne travaille pas cet après-midi, je vais en profiter pour faire une bonne sieste pour récupérer un peu. C'est mon chien qui va être content, je ne pars pas toute la journée en le laissant seul.

Je me délecte de ce moment de plénitude. Quand je m'allonge sur mon lit, mon corps de détend tellement que j'ai l'impression de m'enfoncer dans du coton. La fatigue a eu raison de moi, je me suis endormie sans m'en rendre compte.

Quand je me réveille, il est 17h00. J'ai fais une grosse sieste. Et je n'en suis pas mécontente, je me sens vraiment bien. J'ai fais le plein d'énergie. Si la radiothérapie fonctionne comme elle se doit, à la fin de mon traitement je vais être au top de ma forme.

Bien entendu, il me faudra quelques semaines pour récupérer avant d'être en pleine forme. Mais je suis confiante. La médecine d'aujourd'hui a fait plus d'une fois ses preuves. Je pense que je n'ai pas à m'en faire pour l'avenir. Mais il ne faut pas que je le sois trop, si jamais les rayons ne fonctionnent pas, je vais tomber de haut.

J'ai fais une séance sur vingt cinq. J'ai encore du chemin à faire. Et je verrai bien si dans quelques temps je me sens toujours aussi bien, ou bien si il y a quelques désagréments qui font leur apparition.

Durant la soirée, je regarde un peu la télé. Je n'ai pas vraiment sommeil, mais il faudra tout de même que je me couche tôt si je veux pouvoir me lever cette nuit. Il est 21h00 quand je décide de me mettre au lit. Mais je n'arrive pas dormir. Cette sieste m'a reposé, mais un peu trop quand même. C'est pas grave, je me repose physiquement, c'est un bon début.

Je n'ai pas vu l'heure, quand j'ai finis par m'endormir. Mais je l'ai bien vue quand le réveil a sonné. Quelle plaie ! Se lever en pleine nuit, c'est rageant. Mais il le faut, alors je me lève avec des paupières lourdes comme du plomb. La journée va être longue.

Je me motive et me rafraîchis le visage à l'eau froide pour bien me réveiller. A force, pendant mes séances chez l'oncologue, je vais m'endormir sur la table d'examen. Il ne manquerai plus que ça !

La journée se déroule comme celle d'hier, à la différence qu'aujourd'hui il y a le ménage chez les personnes âgées. Au moins, cette fois-ci je ne ferai pas la même erreur de trop dormir en pleine journée.

Je serai obligée de manger très vite à midi et de vite sortir Viff pour être à l'heure chez les personnes âgées. Ce sera la course contre la montre aujourd'hui.

Je termine ma journée à 17h30. Complètement épuisée. A ce moment là, je baisse les bras. Je n'arriverai jamais à tenir toutes ces semaines à ce rythme là. Mais je ne pouvais pas me permettre d'être en arrêt de travail pendant deux mois. Ça ne se fait pas. Je suis démoralisée. Je m'inquiète de mon état de santé les semaines à venir.

Je ne veux pas les après-midis de week-ends, passer mon temps à dormir alors que ma fille sera là. Je ne peux pas lui faire ça, elle serait déçue. J'ai vraiment hâte que tout ça se termine. J'en ai marre d'être fatiguée tout le temps !

Je rentre chez moi en me disant que c'est bien

que je ne travaille pas ce soir. Je vais me coucher tôt en espérant bien dormir. Et je viens juste de commencer les séances. Comme d'habitude, un petit repas, une douche, la promenade de Viff et je vais vite me coucher. Il est 20h00 quand j'éteins la lumière, et déjà sur le point de m'endormir. Ma vie a bien changé. Et dire qu'avant tout ça, je regardais la télé jusqu'à 22h30. C'est triste d'en arriver là.

Inutile de vous dire à quel point le manque de sommeil a eu des répercutions sur mon état physique et mental. A raison d'une heure de sommeil par nuit pendant 5 semaines, ça représente beaucoup de temps. J'ai eu pendant cette période des vertiges et des baisses de tension. Mon corps fatigue très vite, j'ai hâte de retrouver une vie normale, avec des nuits comme il se doit. Et mentalement, j'ai des sautes d'humeur. A un moment je peux être très calme et sympa, l'instant d'après, je peux être exécrable et antipathique. Je ne me reconnais plus. Mais je continue de passer mes journées comme d'habitude, réglées comme du papier à musique. Jour après jour, je vais à mes séances pendant les cinq semaines qui suivent.

Chapitre 22

Le temps a filé à vive allure. Nous sommes le 15 juin. C'est l'anniversaire de mon fils. Je l'ai invité à venir à Grenoble avec sa fiancée pour le week-end. Elle n'a pas pu venir, mais c'est avec plaisir que Kévin vient passer le week-end avec nous pour son anniversaire.

Je ne savais pas quoi lui offrir, alors je lui ai payé le restaurant. Nous y sommes allés avec sa sœur. C'était un bon moment. Même si c'est petit au studio, il était content de dormir à la maison, en souvenir du bon vieux temps, pas si loin que ça d'ailleurs.

On se ballade un peu avant de rentrer. Nous allons en ville, voir si il y a des nouveautés de mode. Les finances ne sont pas au beau fixe, donc ce sera simplement du lèche-vitrine. Vers 17h30 nous rentrons au studio. Il ne faut pas oublier mon compagnon à quatre pattes.

Nous commandons des pizzas pour ce soir. Kévin m'annonce que ce soir il compte aller en ville avec son père pour boire un coup et qu'il emmène sa sœur avec lui. Je me dis que c'est une bonne chose qu'ils passent du temps tous ensemble.

Je pars travailler à 20h45 et mes enfants partent en même temps que moi pour le centre ville. Quelle ne fut pas ma surprise quand mon patron m'a dit qu'il y avait mon fils à la porte du bar. Son père n'ayant pas d'argent pour payer un verre à ses enfants, a envoyé son fils me demander 50 €, rien que ça, pour honorer l'anniversaire de son fils. Mais quel culot !

Ne voulant pas décevoir mes enfants, j'ai donné les 50 € à mon fils, qu'il a pris en baissant les yeux. Le pauvre, il était tellement gêné de me demander ça.

Une nouvelle fois, j'avais envie de l'insulter leur père ! Mais à quoi bon, je ne veux pas être la méchante dans l'histoire. Je retourne travailler, et Barbara me demande ce qu'il se passait, si c'est grave. Je lui dis que non et je lui explique ce qu'il s'est passé. Elle n'en revient pas que mon ex a envoyé son fils pour me demander de l'argent. Mais malheureusement, ce ne sera pas la seule fois qu'il m'enverra mon fils me taxer de l'argent pour aller boire en ville. C'est quasiment devenu une habitude.

J'ai rassuré mon fils en lui disant que ce n'est rien, que ce n'est pas de sa faute. Et c'est sur cette note de déception que Kévin repart en Suisse. Quel dommage qu'il ai dut vivre ça avec son père.

Décidément, leur père ne changera jamais.

Depuis son anniversaire, à chaque fois que Kévin vient à Grenoble, son père fait la même chose. Il m'envoi son fils pour me taxer 50 €. C'est une histoire sans fin. J'ai du mal à joindre les deux bouts et lui il me fait ça. Il va vraiment m'enquiquiner jusqu'au bout !

Non seulement j'ai des choses à payer, comme mon loyer, mes factures, ma voiture etc... Mais en plus je payes la moitié des dettes que j'ai eu avec lui pendant que nous étions mariés. Je ne sais pas ce qu'il fait de son argent, mais moi je sais pourquoi j'ai besoin du mien.

Ça va être difficile de suivre avec tout ça. En plus j'avais fais l'erreur depuis le début de lui donner mon dut en espèces. Mais quelle erreur monumentale. J'ai appris de la bouche de mon ex qu'il utilisait cet argent pour couvrir mes enfants de cadeaux. Il les achetait en somme.

Même si fille est soudée avec moi, elle accepte volontiers les cadeaux de son père. Et c'est normal, je comprends. Mais maintenant, je reçois des relances des organismes auxquels je dois de l'argent, mais je n'ai aucune preuve que j'ai bien donné l'argent en question. Depuis ce moment là, j'ai toujours fais des virements sur le compte de mon ex mari, comme ça maintenant j'ai des preuves.

Je ne pensais pas me faire avoir pendant tout ce temps. De mon côté, j'étais fière de moi, de réussir à régler mes dettes et subvenir à mes besoins. J'étais loin de m'imaginer que mon argent était jeté par les fenêtres. Ça me servira de leçon.

Nous sommes le 19 juin. Demain je vais avoir ma dernière séance de radiothérapie. Ça va être un soulagement. Je vais dormir une heure de plus la nuit et je ne serai plus obligée de manger avec un lance-pierre le midi. Et avec le temps, mon organisme retrouvera une bonne santé.

Il restera tout de même des examens de contrôle pendant les semaines suivantes. Et d'ici trois semaines, avec Tracy, nous partons au bord de la mer. Comme j'ai hâte. Nous allons oublier tout ça le temps de quelques jours. Le farniente, le meilleur passe temps quand nous sommes en vacances.

Il faut absolument que demain je demande à l'oncologue si je peux me baigner et prendre le soleil. Comme il y avait des recommandations médicales pour les séances, on ne sait jamais, il y en a peut être à la suite du traitement. Je verrai bien ce qu'il me dira. Mais je ne pense pas qu'il y ai de contre-indications. Ça fera plus de deux semaines que les rayons seront finis.

Tracy a tellement hâte de partir en vacances, qu'elle aimerait déjà y être. Elle planifie ses journées, en prévoyant d'aller à la plage, en passant par le glacier et les bons restaurants de fruits de mer.

De mon côté, je suis soulagée de finir ces séances. Un poids en moins sur les épaules. Il ne manquera plus que les contrôles par imagerie. En rentrant de notre séjour à la mer, je vais commencer par une mammographie, et ensuite une IRM. Nous aurons déjà un aperçu de la guérison. Si il n'y a aucune trace de tumeur, ce sera bon signe. Même si il faut compter cinq ans pour parler de rémission totale. J'ai déjà pris mes rendez-vous dans le centre d'imagerie.

La journée passe tranquillement. Nous restons au studio à regarder la télé. Ça fait du bien quelques fois de ne pas aller en ville. En fin d'après-midi, Tracy rentre chez son père. Ça fait un vide à chaque fois. Mais c'est comme ça. Et puis ça ne servirait à rien qu'elle reste toute la semaine, elle ne me verrai jamais.

J'ai faillit ne pas avoir mon chien avec moi. Mon ex ne voulait pas que je le prenne. Quand je suis parti avec Viff, il racontait à tout le monde que je lui avais volé. Mais de toute façon il aurait été malheureux là-bas. Il ne serait pas sorti assez dans la journée et il y avait la violence. Pauvre bête, je n'aurai pas pu le laisser. Et puis, moralement, je ne sais pas dans quel état je serai s'il n'était pas là. C'est mon gros toutou. Mon compagnon de route.

La journée se termine sur ces pensées. Je file au lit pour 20h00 pour la dernière fois. Après je reprends mes habitudes. Je passe une très bonne nuit, sans me réveiller toutes les heures. Un bon sommeil réparateur. Ce matin je n'ai pas de mal à me lever, pas comme d'habitude. C'est sûrement dû au fait que je fais ma dernière séance aujourd'hui. Je vais enfin être libérée de cette contrainte. Je suis de bonne humeur.

Malgré cette fatigue, je me sens bien et je finis le ménage dans les temps. Je prends une douche qui me requinque. Je file à la clinique, le sourire aux lèvres. Comme si on m'offrait un cadeau, et c'est tout à fait ça.

Le Dr Levin m'attend, lui aussi avec le sourire. Comme pour me dire, ça y est, vous y êtes.

— Bonjour Madame Cooper, comment allez vous ce matin ?

— Bonjour Docteur, je vais très bien, merci. Je vais dans cette machine pour la dernière fois. Nous nous reverrons uniquement pour des contrôle.

— Vous ne voulez plus me voir ?

— Ho ça n'a rien à voir avec vous, c'est juste que toutes ces séances m'ont épuisées. Vous n'y êtes pour rien.

— Bien, ça me rassure. Allons-y !

Par habitude, je vais directement dans la cabine pour me préparer. La manipulatrice n'a plus besoin de m'accompagner. Et c'est aussi toute seule que j'entre dans la salle d'examen et que je m'allonge sur la table de l'appareil. Je l'impression d'être chez moi tellement je suis à l'aise. Vingt minutes plus tard, je regagne la cabine et me rhabille. Je vais voir le Dr Levin avant de partir.

— Et voilà Madame Cooper, vous êtes arrivée au bout de votre traitement. Pendant la séance, j'ai pu remarqué une rougeur sur votre sein. Cela est sûrement dû aux rayons. Je vais vous prescrire une crème apaisante, ça vous soulagera.

— Ha oui, je n'avais pas vu la rougeur, mais il est vrai que c'est un peu sensible à cet endroit. Et aussi, j'avais une question.

— Allez y dites moi.

— Est ce que je peux prendre le soleil et me baigner d'ici deux semaines ?

— Il faut que la zone où ont agit les rayons soit bien protégée. Mais pour la baignade, aucun souci.

— De toute façon je n'ai pas l'intention de faire du topless, donc oui mon sein sera couvert.

— Parfait. Alors profitez bien de vos vacances, et reposez-vous !

— Merci Docteur, on se voit à mon retour après la radiologie.

Ça y est, c'est fini, enfin. En plus je vais pouvoir profiter du soleil et de la mer. Dans trois semaines, que du repos et de beaux couchers de soleil depuis la plage. Que j'aimerai déjà y être.

Je reprends enfin mon rythme habituel au travail. Au début, il me faut un temps d'adaptation, mais ça revient vite. Je ressens la fatigue habituelle d'avant la maladie, une fatigue normale. Je suis moins stressée par un rythme trop soutenu. Les jours passent, et je me sens de mieux en mieux.

Chapitre 23

Nous sommes le 10 juillet. Nous partons demain matin pour six jours de repos au bord de la mer. Avec Tracy nous sommes comme des enfants le matin de noël au moment d'ouvrir les cadeaux, surexcitées. Nos sacs sont déjà prêts et même un cabas pour les affaires de Viff, croquettes, gamelles et plaid. Il voit bien que lui aussi est de la partie, ça me fait sourire.

On se couche tôt pour être en forme pour la route et surtout sur place. Ce serait dommage d'arriver pour dormir. Le réveil sonne à 7h00. Pas la peine de partir plus tôt, à 8h00 c'est très bien. J'ai loué un petit studio avec vue sur la mer. Il est bien équipé, il y a même un petit lave-vaisselle. La route nous paraît longue, mais quand nous arrivons, on a l'impression de changer de vie. Grenoble est à mille lieues de nous. C'est le paradis ici. On s'émerveille devant ce magnifique spectacle. Enfin quelques vacances.

Nous rangeons nos affaires et sans perdre une minute, nous sortons pour la journée. La route s'est bien passée, il est 11h30 et nous sommes déjà de sortie. D'abord la grande avenue avec toutes les boutiques de souvenirs. Comme nous longeons la mer, l'air marin nous fait du bien. J'ai l'impression de revivre. Tracy ne sait plus où donner de la tête, tellement les boutiques sont nombreuses et attrayantes.

— Gardes en un peu pour le reste de la semaine, Tracy !

— Oui c'est vrai, on a le temps, on vient d'arriver. J'ai un peu faim, pas toi ?

— Si un peu, j'avoue.

Il y a un petit restaurant qui a l'air sympa, où ils servent des moules frites. Nous adorons ça Tracy et moi. Alors on s'y arrête et on demande d'être installées en terrasse. Avec la vue sur la mer c'est encore mieux. Nous commandons deux sodas et une gamelle d'eau pour mon chien. J'admire la mer au loin, avec ses reflets d'argent. Tout d'un coup je me sens libre. Libre de mon ancienne vie et libre de ma maladie. C'est un sentiment de légèreté. Serait-ce un avenir meilleur qui se pointe à l'horizon ? Ce serait parfait, un revirement de situation comme celui-là. Enfin que la roue tourne en ma faveur.

Le serveur apporte nos boissons et prend notre commande. Ma fille est impatiente tellement elle a faim. Mais avec son appétit de moineau, elle ne finira pas son assiette, mais ce n'est pas grave, du moment qu'elle se régale, moi ça me va. Moi aussi j'ai hâte d'être servie, j'ai faim. Nous ne parlons pas beaucoup pour le moment, nous profitons de la vue toutes les deux. Le regard dans les vagues et dans le silence. J'inspire et expire profondément de bien-être.

Enfin les plats arrivent. C'est drôlement copieux. Là c'est sur que ma fille ne finira pas son plat. Avec tout ça, il n'y aura même pas de place pour le dessert. Juste un petit café et ce sera tout. Ça faisait vraiment longtemps que l'on avait pas mangé de moules frites, et en plus en bord de mer. L'air marin ouvre l'appétit, nous mangeons de bon cœur. A la fin du repas, je suis repue. Mais comme prévu, je commande un café que je déguste tout en regardant le large. Je règle l'addition et nous repartons nous promener.

Nous n'allons pas à la plage cet après-midi, nous découvrons les alentours pour le moment. Il y a tellement de choses à voir. Il y a au bout de l'avenue une petite fête foraine et un centre équestre. Je pensais que Tracy serait intéressée par la fête foraine, mais non, pas du tout. Elle est attirée par les balades à cheval dans les environs. Je garde ça dans un coin de ma tête pour plus tard.

Nous passons de très bons moments. J'en oublierai presque l'épreuve de laquelle je sors.

Comme quoi, toutes les mauvaises choses ont une fin. Entre la marche et la chaleur, la fatigue se fait ressentir. Nous rebroussons chemin jusqu'au studio. Une bonne douche et un peu de fraîcheur nous feront du bien. Ensuite, nous irons faire quelques courses pour les repas. On ne peut pas se permettre un restaurant à chaque fois, ça coûterai cher à force.

Entre la douche et la clim, je me sens plus légère. Pour les courses, nous laissons Viff au studio, au frais. Et puis, il est hors de question de le laisser dans la voiture sur un parking en plein soleil.

Cette première journée était reposante. Les jours suivants seront un peu plus mouvementés par les excursions à la plage et flâner sur l'avenue des boutiques. Mais on est loin des corvées quotidiennes du travail. Et c'est très bien comme ça.

En milieu de semaine, je ne prévois pas la plage. J'interpelle Tracy.

— Tracy !

— Oui maman ?

— On va aller se balader, on va prendre la voiture et laisser Viff au frais.

— D'accord ! Où on va ?

— C'est une surprise.

Je vois sur le visage de Tracy qu'elle se pose mille et une questions. Mais ce n'est pas grave, je tiens le coup, je ne lui dis rien. Je me dirige vers la fin de l'avenue des boutiques. Ma fille voit la fête foraine et pense que c'est là qu'on va. Mais quand je tourne en direction du centre équestre, elle est surexcitée.

— C'est pas vrai ! Je vais faire du cheval ?

— Oui l'autre jour j'ai vu que tu en avais envie.

— Ho merci maman, je ne sais pas quoi dire.

— De rien ça me fait plaisir.

Ma fille étant partie en balade, j'en profite pour me poser à l'ombre, sur un banc dans la cour du centre. C'est très agréable, entre la fraîcheur et la petite brise avec le bruit des feuilles dans les arbres, on est à la limite de la méditation. Je fais un petit tour sur les réseaux sociaux. Je m'intéresse à ce que fait mon entourage et je poste quelques photos prises avec Tracy, à la plage ou sur la côte.

Le temps passe trop vite quand on se sent bien. Nous sommes déjà mercredi et la journée est bien avancée. Ce serait le rêve de vivre ici toute l'année. Ça me plairait bien en tout cas. J'entends le bruit des sabots des chevaux qui approchent. Ma fille rentre de sa promenade. Une heure et demi de balade, ça a du lui faire plaisir. Et c'est une Tracy toute souriante que je vois arriver. Ça fait du bien de la voir comme ça. Elle descend de sa monture, nous remercions le moniteur et hop en voiture.

Elle me raconte toute sa promenade dans les moindres détails. Des chemins qu'ils ont parcouru et du bout de plage qu'ils ont foulé. C'est comme si j'y étais avec eux. Le moniteur a pris une photo de ma fille pendant la balade, qu'elle s'empresse de mettre sur les réseaux sociaux. Fière de son exploit du jour.

Comme d'habitude, et je sais que je radote avec ça, mais nous nous empressons de retrouver mon chien pour que lui aussi puisse faire sa balade. Nous sommes déjà en fin d'après-midi. Il va être temps d'aller se poser un peu au calme. Tout comme les enfants, nous avons nous aussi besoin de " temps calme " comme on dit. Un peu de lecture pour ma part, mais du côté de Tracy, c'est plutôt série sur le pc. Ça fait un bien fou de se reposer un peu.

Ce soir, nous allons au restaurant pour fêter mes 37 ans. Que les années filent vite. Pas loin de la quarantaine. Mais je me sens jeune dans la tête c'est déjà ça. Après le restaurant, nous allons nous promener sur la plage. L'air est chaud, il y a beaucoup de monde. A croire que tous ces gens ont eu la même idée que nous. Il est 22h00 quand nous rentrons au studio. Le temps de m'occuper de Viff, une petite douche et au lit.

Les trois jours restants passent à une vitesse incroyable. Nous sommes dimanche 17 juillet. C'est le départ. Nous rentrons à Grenoble. C'est le bazar dans le studio. Les vêtements de Tracy sont éparpillés sur son lit. Elle bataille pour réussir à tout remettre dans sa valise. Ça me fait rire. Le temps de vérifier si on oublie rien, et on met tout dans le coffre.

Aujourd'hui, fin de week-end et sûrement le chassé croisé, il y a un monde fou sur la route. Il y a des bouchons à n'en plus finir. Il n'y a pas la clim dans la seat, on étouffe. Mais j'ai prévu la glacière avec des boissons fraîches et le l'eau. J'ai hâte qu'on arrive, c'est trop long. C'est une contrainte de se retrouver dans les bouchons, mais nous gardons de très bons souvenirs de notre séjour.

Chapître 24

La reprise du travail a été difficile après ces quelques jours au bord de la mer. Mais c'est comme ça, la dure réalité de la vie. On ne peut pas vivre en vacances éternellement, ce serait trop beau. Il fait très chaud à Grenoble, c'est étouffant en ville, il n'y a pas d'air. Nous sommes maintenant au mois d'août, il n'y a quasiment personne dans les rues. Tout le monde est parti dans le sud ou autre. On pourrait presque s'en satisfaire, moins de bousculade pour faire les courses ou les boutiques. Et puis pour Tracy, moins de monde dans les transports en commun pour venir me voir. Du coup, pour nous aussi c'est des vacances.

Il faudra encore supporter cette chaleur harassante pendant tout le mois d'août. Ça ira mieux en septembre, il fera meilleur. En attendant, avec ma fille nous allons souvent à la piscine dès que nous le pouvons. Comme toujours, cela dépend de mon emploi du temps professionnel. Et c'est donc deux fois par semaine que nous allons nous rafraîchir à la piscine.

Cette fois ci, je ne manquerai pas le travail. Je ne peux pas me permettre de perdre encore des heures de travail au bar. Les économies que j'avais, ont fondues comme neige au soleil. Les vacances ça coûte cher. Mais je ne regrette rien, ça nous a fait du bien à Tracy, Viff et moi. Cela nous a revigoré. Je continue mon petit train de vie habituel, avec mon chien et les visites de ma filles tous les week-ends.

Pour le travail chez les personnes âgées, je double de vigilance, pour veiller à ce qu'ils aillent tous bien. Avec cette chaleur, je m'assure qu'ils sont bien au frais, volets fermés, ventilateur en route et de l'eau au frais. Je leur rappelle que l'eau ne doit pas rester au frais, mais qu'ils doivent la boire pour s'hydrater. Cela peut arriver qu'ils oublient. Même si ils bougonnent un peu à mes règles quand à la chaleur, ils apprécient quand même que je prenne soin d'eux.

Nous arrivons vite à la fin du mois d'août avec tout ce travail et ces week-ends qui passent vite. Je me prépare donc psychologiquement à passer mes examens de contrôle. J'ai une mammographie à faire, une IRM et une prise de sang. J'angoisse d'avance. J'ai peur que les résultats ne soient pas bons, et que j'aie tout à refaire. (chirurgie et radiothérapie, ou pire chimiothérapie)

Il ne faut pas que je sois pessimiste, mais c'est plus fort que moi. Après tout ce qui m'est arrivé pendant ma convalescence, j'ai peur de tout ce qui peut m'arriver d'autre. J'ai du mal à penser positivement. Mais je me dis quand même que je verrai bien. Je ne peux pas refaire le monde.

Lundi 05 septembre 2011, mon travail au bar est fini pour aujourd'hui. Je file vite manger, sortir Viff et prendre une douche. A 14h30 j'ai la mammographie. J'ai une boule au ventre tellement je suis anxieuse des images qui seront révélées. Mais j'y vais avec détermination. Si les résultats étaient mauvais, au pire des cas, je me battrai de nouveau s'il le faut. Je me répète sans cesse dans la tête : ne pas baisser les bras, ne pas baisser les bras....

Bizarrement ça m'aide à garder le moral. Peut être pas très longtemps, mais je m'en contente. J'arrive au centre d'imagerie avec un peu d'avance. J'ai le temps de m'enregistrer tranquillement. Je monte au premier étage et m'installe dans la salle d'attente. Il n'y a pas de retard, la manipulatrice m'appelle déjà. Elle m'accompagne à une cabine, où je me met torse nu. Elle fait tous les clichés nécessaires à l'examen, toujours aussi douloureuse cette machine. Et j'attends de nouveau dans ma cabine que le radiologue vienne me chercher.

Au bout de 10 minutes interminables, le Docteur vient me chercher pour pratiquer l'échographie mammaire. Il n'a pas l'air inquiet. Au contraire, il est plutôt détendu. Je m'installe sur le lit d'examen, et l'examen commence. Pendant qu'il examine chaque sein à l'aide de la sonde, le radiologue me rassure.

— Madame Cooper, je n'ai rien vu d'alarmant sur la mammographie, ni nodule, ni trace de la tumeur. Je vais confirmer les résultats avec cette échographie.

— C'est vrai ? Vous êtes sur ?

— Oui bien sur, aucune trace de la tumeur, ni de nodule. Je vais faire l'échographie et vérifier qu'il n'y a plus rien, ni de traces résiduelles.

— D'accord, merci docteur.

Je n'y comprend rien à ces images à l'écran, mais je vais attendre la conclusion du médecin. L'écho dur environ 15 minutes. Le radiologue pose la sonde et affiche un grand sourire.

— Je suis formel, il n'y a aucune trace du passage de cette tumeur. Aucune anomalie.

— C'est vrai ? Ho c'est génial ! Je n'en reviens pas. C'est une excellente nouvelle !

— Il faudra tout de même se voir dans 6 mois pour un contrôle. Il faut compter 5 ans pour avoir la certitude d'une rémission totale.

— Autant que ça ? C'est bien long.

— Oui hélas. Quand vous aurez terminé tous vos examens de contrôle, IRM et prise de sang, si les résultats sont tous en votre faveur, nous pourrons alors parler d'une rémission partielle.

— D'accord docteur, pas de soucis. Merci beaucoup.

— Bon courage pour la suite Madame Cooper, et bonne journée.

— Bonne journée docteur, à dans 6 mois.

Je quitte le centre d'imagerie tellement légère. J'ai l'impression d'être sur un nuage. Première bonne nouvelle pour ma guérison. J'ai hâte de connaître les autres résultats. Je rentre à la maison en contaminant mon chien de ma bonne humeur. Il me fait une fête d'enfer. Nous allons tous les deux faire une belle promenade. J'aimerai faire profiter au monde entier mon enthousiasme. D'ailleurs je vais appeler Tracy et Barbara pour leur faire part de cette bonne nouvelle.

Que ce soit l'une ou l'autre, elles étaient à la limite des cris de joie. Mais ne nous emballons pas, il reste encore deux examens pour valider ma guérison.

C'est un poids en moins que je termine ma semaine de travail. Le week-end arrivé, j'invite Tracy au restaurant pour fêter ça. Ce fut un repas très agréable, plein de gaieté.

Le week-end est passé très vite, comme d'habitude, mais avec moins d'inquiétude que d'habitude. Nous attendons impatiemment la suite des examens. Tout en croisant les doigts que tout aille bien.

Vendredi 09 septembre 2011, aujourd'hui, je passe l'IRM. C'est un très mauvais moment à passer pour moi. Je suis claustrophobe. Je suis de nouveau au centre d'imagerie et je prends une grande inspiration pour me donner du courage, et aller c'est parti. Je m'enregistre et me dirige en salle d'attente du rez-de-chaussée cette fois-ci. 5 minutes d'attente et la manipulatrice vient me chercher. Et voilà, de nouveau dans une cabine, et torse nu, direction l'IRM.

Vingt minutes interminables. J'ai l'impression de suffoquer. Non seulement je suis enfermée dans un tube, mais en plus à plat ventre. C'est vraiment difficile. Quand l'examen se termine, je soupire de soulagement de pouvoir enfin sortir de là. Je me rhabille et vais attendre mes résultats. C'est le même radiologue qui va interpréter les images. C'est bien, vu qu'il connaît déjà mon dossier.

Je suis impatiente, je fais les cent pas dans les couloirs. Au bout de 15 minutes, je suis appelée par mon numéro d'enregistrement. La secrétaire valide mon dossier et me donne mon compte rendu. J'étais en train de partir quand le radiologue m'interpelle.

— Madame Cooper, pour le moment, l'IRM confirme ma conclusion de la mammographie. Aucune trace de tumeur, ni de nodule ou quoi que ce soit de suspect.

— C'est formidable, merci docteur. J'ai la prise de sang demain matin. Dès que j'ai les résultats, je vous les transmet.

— Je veux bien oui, merci beaucoup. Je croise les doigts pour vous. Bonne fin de journée.

— Bonne fin de journée, à bientôt.

Je rentre chez moi, presque euphorique de joie. J'ai du mal à y croire. Peut on vraiment guérir aussi vite du cancer du sein ? Enfin vite, c'est un bien grand mot. Cela fait 6 mois que je me suis faite opérée. Il manque encore la prise de sang pour confirmer ma guérison, mais comme le dis le radiologue, provisoire. Mais qui sait ce qu'il peut se passer en 5 ans, avant une rémission totale ?

Demain matin après le ménage au bar, Tracy va arriver. Et j'aurai encore une bonne nouvelle à lui annoncer. Ça fait du bien. Nous n'irons pas au restaurant à chaque fois, mais nous irons chercher des pizzas et nous passerons un week-end dans la bonne humeur. En attendant, après le ménage chez les personnes âgées, j'irai faire un tour au bar pour voir du monde et me changer un peu les idées.

17H00, j'ai terminé mon travail, je rentre chez moi. Je sors mon meilleur ami et je prends une douche. Je pars pour le bar, pour me détendre un peu. Je demande un peignoir et je vais me prélasser dans le jacuzzi. Ça fait un bien fou. Pendant cet instant de plénitude, un jeune homme me rejoint et se pose tranquillement, lui aussi pour se détendre. Timidement, il entame la conversation.

— Salut, je m'appelle Jordan. Vous venez souvent ici ?

— Salut, je m'appelle Shelly. On peut se tutoyer ? J'ai l'impression d'être vieille quand on me vouvoie. Et oui je viens souvent, je travaille ici.

— Quand nous sortirons, je peux t'offrir un verre ?

— Avec plaisir !

Et c'est dans le silence que nous profitons du remous du jacuzzi. Et effectivement, quand je sors de l'eau, ce jeune homme me rejoint au bar. Il m'offre le verre promis. Je prends un kir royal à la violette et il prends une bière. On s'installe dans un petit salon pour discuter un peu, de tout et de rien. On fait un peu connaissance. Peut être un ami de plus dans mon petit cercle...

Je n'ai pas parlé de ma maladie et mon parcours médical à Jordan. Mais ça m'a fait plaisir de faire une nouvelle rencontre. A 19h30 je rentre chez moi pour manger un peu et me préparer pour le travail de serveuse au bar. Je commence à 21h00. Pas le temps de lambiner, hop au boulot.

Il y a beaucoup de monde au bar quand j'arrive. Il y a du pain sur la planche. Mais ces bonnes nouvelles m'ont redonné du punch. La soirée bat son plein quand j'aperçois Jordan qui est venu boire un verre. Ça me fait plaisir de le revoir. Même si ça ne fait pas longtemps qu'on s'est vus.

Je lui fais signe de la main et je continue le service. Il me sourit et je lui rend son sourire. Je l'ai trouvé très gentil. A la prochaine soirée avec Barbara et Ralph, je lui proposerai de se joindre à nous, ça pourrait être sympa. J'ai perdu quelques amis, mais ça ne m'empêche pas d'en rencontrer d'autres.

Il est 1h00 du matin quand tous les clients sont partis. C'est bien, je vais dormir un peu avant le ménage demain matin. Je dis au revoir à Barbara et je rentre chez moi. Je sors Viff et m'endors rapidement. Demain matin Tracy arrive. Encore un bon week-end en perspective.

Samedi matin, je commence le ménage à 5h00. Vers 7h00, je me rend au laboratoire d'analyses en face du bar pour ma prise de sang. Depuis que je me suis levé, je suis resté a jeun. Ma prise de sang faite, je retourne au bar et je prends un café avec quelques biscuits que j'ai prévu pour ça. Et je reprend ma tâche. A 11h00 je termine mes corvées et rentre vite chez moi pour sortir Viff et prendre une douche. Tracy arrive à 11h45. Nous prenons un petit repas simple. J'en profite pour lui dire que j'ai un nouvel ami, qui rejoindra sûrement mon petit cercle. Elle est ravie pour moi.

Nous passons un week-end tranquille avec au programme un petit tour en ville et la traditionnelle location de DVDS. Et c'est sur cette note joyeuse que Tracy retourne chez son père. Je me sens moins désemparée quand Tracy repart le dimanche soir. Je n'angoisse plus comme avant. Je me couche assez tôt ce soir. Je devrais recevoir demain dans la journée, mes résultats de prise de sang. J'ai rendez vous lundi après-midi avec l'oncologue. Je dois lui apporter tous mes résultats de cette dernière semaine.

Chapitre 25

Ça y est, nous y sommes. J'ai reçu mes résultats d'analyses. Mais je n'y comprends rien, je suis obligée d'attendre mon rendez-vous avec le Dr Levin pour qu'il m'explique. Ce sera vite là. Avec le ménage et la coupure du midi à la maison, je saurai assez vite ce qu'il en est.

Le temps passe plus lentement que ce que je pensais. C'est normal, quand on attend une nouvelle, ça paraît plus long. Mais je prends mon mal en patience. Je suis stressée. Je me pose mille questions. Mais je me dis, allez, on est sur la bonne voie, il y a déjà deux bonnes nouvelles, alors j'y crois.

14H30 je suis dans le cabinet du Dr Levin. Je lui donne ma mammographie, mon IRM et mes résultats d'analyses. Il lit chaque compte rendu, tout en hochant la tête.

— Madame Cooper, tous les résultats sont bons. Il n'y a plus aucun signe de la tumeur. Même la prise de sang montre une forte baisse des leucocytes.

— C'est vrai ? Et ça veut dire quoi en conclusion ?

— Et bien, nous pouvons en conclure que vous êtes en rémission partielle. Je dis partielle, parce qu'il faudra attendre 5 ans pour annoncer une rémission totale. Il faut être sur qu'il n'y a pas de récidive entre temps. Mais nous sommes sur la bonne voie. Félicitations Madame Cooper, vous êtes en rémission partielle.

— Je sais pas quoi dire, mais en tout cas je vous dis merci pour tout ce que vous avez fait pour moi. Tous ces examens et les conseils donnés. Mille mercis.

— Il n'y a pas de quoi, j'ai juste fais mon travail. Je vous revois dans 6 mois Madame Cooper. En attendant profitez de la vie.

— Bonne fin de journée, à bientôt.

Quand je quitte le cabinet je fond en larmes. De joie, évidemment. Mon cœur bat à cent à l'heure. Il faut que je l'annonce à tout le monde. Tracy, Barbara, mon père, mon fils, mes frères et mes amis.

Je ne perds pas une seconde, j'appelle tout le monde à tour de rôle. En commençant par Tracy. Ensuite, mon père, mes frères et mes amis. Je n'arrive pas à me calmer tellement c'est incroyable.

Je suis surexcitée de cette nouvelle, je suis guérie. Comme un mot magique, un rêve qui se réalise. Je rentre chez moi heureuse, je nage en plein bonheur. Je chantonne, je danse et je rie. On me verrai, on me prendrai pour une folle.

En fin d'après-midi, je file au bar pour annoncer la nouvelle à Barbara. Quand je lui dis, elle pousse un cri de joie presque hystérique. Ça me fais rire et elle rie avec moi. Je m'assoie sur un tabouret du bar et je commande un kir à la violette. Il faut bien fêter ça. A ma grande surprise, Jordan est là. Il se tient derrière moi avec un air interrogatif. Il se demande ce qu'il m'arrive. Il est vrai que je ne lui ai pas parlé de ma maladie. Alors je l'entraîne vers un salon pour lui raconter mon histoire.

D'abord abasourdi par tout ça, il fini par me sourire et il me dit :

— Ça va aller maintenant, tu es tirée d'affaire.

— Oui, je suis rassurée.

Il attrape ma main et la glisse dans la sienne. Je suis surprise, je retire vite ma main. Mais une fois la gêne passée, je reprends sa main et plonge mon regard dans le sien. Quelque chose d'inattendu se passe. Je ne peux pas me l'expliquer. Mais quand il se penche pour m'embrasser, je m'abandonne à cet homme en me disant que enfin la vie me sourit.

Une nouvelle page se tourne. J'ai fais une belle rencontre, une histoire d'amour naissante et je suis enfin en rémission " partielle ".

Je me laisse aller à cette nouvelle vie qui commence.

Mon compagnon de vie

VIFF

05/08/2004 – 13/04/2018

Printed by Amazon Italia Logistica S.r.l.
Torrazza Piemonte (TO), Italy

63033164R00114